Brigitte

Susanne Brandt

Wenn die Buchstaben flüstern

Geschichten mit Kindern spielen und gestalten

 Burckhardthaus-Laetare Verlag

Die Reihe „3 - 7" ist gedacht für alle, die in der Kindererziehung tätig sind und in Kindergarten, Vorschule und Familie mit den Problemen von Vorschulkindern konfrontiert werden. Jährlich erscheinen zwei bis drei Bände. Die Bände sind einzeln oder fortlaufend zu beziehen, bei fortlaufendem Bezug sparen Sie ca. 15%. Dieser Band wurde von Eckart Bücken herausgegeben.

© 2001

Burckhardthaus-Laetare Verlag GmbH, Offenbach/M.

Postanschrift: Schumannstr. 161, 63069 Offenbach/M.

Umschlaggestaltung: Harun Kloppe, Mainz

Umschlagfoto: Hartmut W. Schmidt, Freiburg

Illustrationen: Theresia Koppers, Düsseldorf

Lektorat: Hille & Schäfer, Freiburg

Satz: NeufferDesign, Freiburg

Druck und Verarbeitung: RGG-Druck, Braunschweig

Die Deutsche Bibliothek – CIP-Einheitsaufnahme

Brandt, Susanne:

Wenn die Buchstaben flüstern: Geschichten mit Kindern spielen und gestalten / Susanne Brandt. - Offenbach: Burckhardthaus-Laetare-Verl., 2001

(3-7)

ISBN 3-7664-9403-1

INHALT

Zum Thema

Freunde — Teil 1
Die Kinderbrücke — 8
Freunde — 17
Da kommt jemand — 24
Der einsame Frosch — 34
Die Zwergenmütze — 41

Durchs Jahr — Teil 2
Der Berg und das Vögelchen — 48
Kindertag in Bullerbü — 55
Noch eine Rosine bis Weihnachten — 63
Pettersson kriegt Weihnachtsbesuch — 66

Spielräume der Fantasie — Teil 3
Wenn Schnuddel in die Schule geht — 74
Die Elfe mit dem Taschentuch — 78
Leopoldo und der Bücherberg — 86
Der Engel und das Kind — 92

Wenn die Buchstaben flüstern – Geschichten mit Kindern spielen und gestalten

Geschichten entstehen nicht, um versteckt zu bleiben. Was Menschen erleben oder erfinden, erträumen und ersinnen, will früher oder später hinaus ins Freie, ausgesprochen oder aufgeschrieben werden. Dabei besteht die Sprache, in der das geschieht, nicht nur aus Buchstaben. Bilder und Fantasien, Mimik und Gestik, Klänge und Empfindungen sind ebenso im Spiel, wenn Geschichten wach werden, wachsen und weitergehen – vielleicht so wie dieses kleine Gedicht von Wolf Harranth es beschreibt:

Nimm ein Buch, mach es auf:
Du kommst auf was drauf.
Lass es sein, mach es zu:
Es gibt keine Ruh.
So ist das eben:
Die Bücher leben.

(aus: Überall und neben dir. Weinheim, 1986)

Auf das Leben in und mit Büchern und Geschichten will dieser Band neugierig machen. Die Beispiele laden ein zum Erzählen, lassen ahnen, was es in den Geschichten – auch zwischen den Zeilen – alles zu entdecken gibt, und wecken

4

Ideen, sich spielerisch und gestaltend in das Leben dieser Geschichten einzumischen. Denn mit einem zugeklappten Buch gibt eine Geschichte eben noch lange keine Ruhe, sondern bleibt in Bewegung und setzt Bewegung in Gang. Kinder im Alter von drei bis sieben Jahren, die das Lesen im eigentlichen Sinne noch nicht beherrschen, sind auf Vermittlung angewiesen – auf Menschen, die ihnen Geschichten erzählen oder vorlesen. Gut, wenn diese Vermittlung genügend Zeit und Raum für das gemeinsame Entdecken, Spielen und Gestalten bietet.

Wie Geschichten zum Auslöser werden können für zahlreiche kreative Gruppenerlebnisse, für eine fantasievolle Umsetzung mit Kopf, Herz und Hand, für eigene Geschichten zum „Weiterspinnen"..., dafür möchten die Vorschläge zu den Themenbereichen „Freunde", „Durchs Jahr" und „Spielräume der Fantasie" anregen. Die dafür ausgewählten und hier jeweils mit einer kurzen Inhaltsangabe wiedergegebenen Geschichten sind „Klassikern" und „Neulingen" auf dem Kinderbuchmarkt entnommen. Sie sind allesamt im Buchhandel oder über die Bücherei zu beziehen. Die meisten der vorgestellten Bücher enthalten Illustrationen, die zum „schauenden Lesen, Erzählen und Entdecken" einladen. Vor größeren Kindergruppen kann es hilfreich sein, die wichtigsten Bilder zum gemeinsamen Betrachten auf Folie zu kopieren und per Tageslichtprojektor an der Wand sichtbar zu machen.

Nicht zuletzt will dieser Band zum „Weiterstöbern" einladen. Nahezu unerschöpflich ist die Fülle an Geschichten, die zum Lesen, Spielen und Gestalten entdeckt werden wollen. So gilt auch für dieses Buch selbst: Wenn es zugemacht wird, lässt es doch keine Ruhe. Die Entdeckungsreise durch die lebendige Welt der Geschichten hat gerade erst begonnen...

Susanne Brandt

1

FREUNDE

Die Kinderbrücke
von Max Bolliger

Erzählen & Entdecken

An einem Fluss wohnen zwei Bauern einander gegenüber. Im Laufe eines Tages liegt mal das eine, mal das andere Ufer in der Sonne. Das macht die beiden immer wieder neidisch aufeinander. Meinen sie doch, es sei stets der andere, der auf der vorteilhafteren Seite lebe. Im Streit darüber versuchen sie sich gegenseitig mit Steinen zu bewerfen. Aber der Fluss ist zu breit und die Steine plumpsen ins Wasser. Nur die Kinder der beiden Familien, die streiten sich nicht. Neugierig schauen sie jeden Tag zueinander hinüber. Da passiert es, dass der Wasserspiegel sinkt und die hineingefallenen Steine freilegt. Sogleich hüpfen die Kinder von einer Steininsel zur nächsten, um sich in der Mitte des Flusses zu begegnen. Und spannende Geschichten wissen sie von nun an jeden Abend zu erzählen! Erst als ein großer Regen das Wasser wieder ansteigen lässt und den Treffen damit ein Ende setzt, erfahren die Eltern von dem Geheimnis – und fangen an nachzudenken. Schließlich haben sie die Idee, aus den übriggebliebenen Steinen eine Brücke zu bauen, so rund wie der Bogen, den die Sonne am Himmel beschreibt.

Eine Friedensgeschichte, die an „Schwerter zu Pflugscharen" denken lässt: Steine, von den Erwachsenen zuvor als Waffen gegeneinander gerichtet, werden von den Kindern als „Bausteine der Begegnung" genutzt. Am Ende erweist sich das gemeinsame „Brücken bauen" als guter Weg, einander kennen zu lernen, versöhnlich dem Lauf der Sonne zu folgen und sich gegenseitig mit neuen Erfahrungen und Geschichten zu bereichern.

1

Spielen & Gestalten

Die Geschichte mit Requisiten nachspielen

Mitspieler: Mindestens sechs Kinder (gern auch mehr) als Bewohner am Flussufer, ein „Sonnenkind" und zwei Kinder, die dem Fluss „Leben" geben.
Material: Zwei breite blaue Stoff- oder Papierbahnen als Fluss, grau verkleidete Holz- oder Styroporblöcke oder mit Sand gefüllte graue Tüten oder Säcke (etwa 15-20 cm Durchmesser) als Steine, Fantasiekostüm aus Papier, Stoffen oder Kleidung in Gelb oder Gold für das „Sonnenkind", Wasservögel, möglichst beweglich zum Hin- und Herziehen, für das Leben auf dem Fluss (aus der Spielzeugkiste bzw. aus Pappe oder Holz selbst gebastelt).

Die Geschichte kann im Rollenspiel von einem Erzähler vorgelesen oder in freien Dialogen nacherzählt werden. An beiden Seiten des Flusses gehen die Menschen ihrer Arbeit nach (landwirtschaftliche Tätigkeiten auf den Feldern, Wäsche aufhängen, Gartenarbeit etc. pantomimisch darstellen). Spielende Kinder schauen immer wieder neugierig zum anderen Ufer. Auf dem Fluss schwimmen Enten zufrieden hin und her. Die Sonne wandert langsam von einer Seite zur anderen und sorgt mal für Licht und mal für Schatten. Den Bauern gefällt das Wechselspiel der Natur nicht. In ihrem Zorn werfen sie Steine in Richtung des anderen Flussufers, die alle im Wasser landen. Eine Welle (zweite Stoff- oder Papierbahn wird von den „Flusskindern" darüber ausgebreitet) bedeckt die Steine. Dann aber beobachten die spielenden Bauernkinder, wie der Wasserspiegel langsam sinkt (Stoff- oder Papierbahn wird wieder weggezogen) und die Steine freilegt. Schritt für Schritt, Stein für Stein gehen sie über den Fluss aufeinander zu und treffen sich schließlich in der Mitte. Dort reden und lachen sie miteinander und kehren schließlich mit ihren neuen Erfahrungen nach Hause zurück. Das wiederholt sich mehrmals, bis erneut eine Welle kommt (s. o.) und die Steine wieder bedeckt. Ganz traurig und still wird plötzlich das Leben zu beiden Seiten des Flusses – bis die rettende Idee da ist: Aus den Steinen wird gemeinsam eine Brücke gebaut, über die sich die Menschen nun immer wieder besuchen können.

Bewegungsspiel mit Lied

Zeitungspapier wird so in Form gerissen, dass vier Bögen in Größe und Kontur großer Steine entstehen (man sollte mit beiden Füßen gerade auf so einem „Stein" stehen können). Der Fluss, den es damit zu überqueren gilt, ist mehrere Meter breit (z. B. von einer Raumseite zur nächsten). Die Kinder verteilen sich auf zwei Gruppen, die sich in Reihen gegenüberstehen und jeweils eine „Uferlinie" bilden. Die beiden Kinder, die jeweils das linke Ende ihrer Gruppenreihe bilden (sie stehen sich also nicht direkt sondern in der Diagonale des Raumes gegenüber) fangen an: Sie erhalten beide je zwei der aus Zeitung gerissenen „Steine" und müssen damit so schnell wie möglich das andere Ufer des Flusses erreichen, ohne dabei nasse Füße zu bekommen. Sie stellen sich also auf einen Stein, halten den zweiten Stein in der Hand und legen diesen mit dem gemeinsamen Startsignal in Schrittentfernung vor sich auf den Boden. Dann hüpfen sie blitzschnell auf diesen Stein, heben hinter sich den soeben verlassenen Stein auf und legen diesen nun vor sich hin, um den nächsten Schritt zu tun... umdrehen, aufheben, nach vorn legen, Schritt, umdrehen, aufheben, nach vorn legen, Schritt... Wer ist zuerst am anderen Ufer? Der Sieger bekommt einen echten Stein überreicht, die Papiersteine werden an das folgende Spielpaar weitergegeben und ein neu-

er Wettlauf beginnt, bis alle Kinder der Reihe nach dran gewe-
sen sind. Gewonnen hat die Gruppe, die die meisten echten
Steine gesammelt hat – aber zuletzt sind alle Steine wichtig:
Zum Abschluss wird versucht, aus den gewonnen Steinen bei-
der Gruppen eine gemeinsame Brücke zwischen den Flussu-
fern zu legen. Dazu müssen sich die Gruppen soweit aufeinander zu bewegen (d. h. den Fluss in seiner Breite verändern), bis
die aufgereihten Steine an beiden Ufern Anschluss finden.
Die Flussüberquerung mit den zwei (Papier-)Steinen kann
auch von einem Lied begleitet werden, das mit seinem Text
den Bewegungsablauf beschreibt. Je schneller es gesungen
wird, desto schneller geht's voran.

Brückenlied

Ü - ber die - se Brü - cke kannst du
Schritt für Schritt nur gehn. Stein für Stein, im-mer
wie-der bleibst du stehn. Run-ter in die Knie, dreh' dich
um und pack' an! Im-mer schneller geht's vo - ran.

Text und Musik: Susanne Brandt

Ein Würfelspiel entwerfen

An fast jedem Ort gibt es irgendwo in der Nähe einen Fluss
oder einen Bach. Einfach mal auf einer Karte nachschauen!
Vielleicht kann ein gemeinsamer Ausflug dorthin unternom-
men werden, um sich die Umgebung genau anzusehen. Was
stehen dort für Häuser? In welche Richtung weisen die beiden
Uferseiten? Wohin führen die Straßen und Wege drumher-
um? Gibt es markante Punkte in der Landschaft?
Ausgehend von ihren Beobachtungen und Erinnerungen an
diesen Ort, können dann zu Hause die Kinder und Erwachsenen gemeinsam auf einem großen Bogen Zeichenkarton oder
Pappe (etwa DIN A3) den Plan für ein Würfelspiel entwerfen,
in dem der Fluss die Mitte bildet. Neben den Feldern zum
Setzen der Spielfiguren, spielen gezeichnete und bunt ange-
malte Elemente aus der erkundeten Umgebung (Häuser, Plätze, Bäume...) sowie Zahlen und Symbole, die in den Spielre-
geln erläutert werden, eine wichtige Rolle. Beispiel:

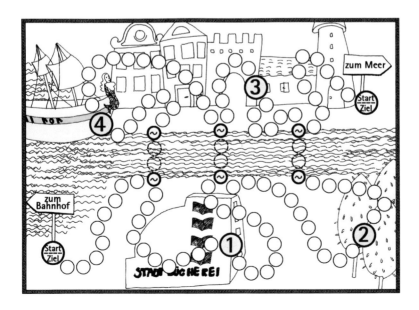

1

Und so geht's:

Material: Spielplan (DIN A3; gegebenenfalls farbig angemalt), Würfel, vier Steinchen, zwei Spielfiguren
Spielidee: Die zwei Spieler beginnen an den sich schräg
gegenüberliegenden Startpunkten. Vom Meer aus soll der
Weg zum Bahnhof führen, vom Bahnhof aus ist das Meer das
Ziel. Dabei ist der Kanal zu überqueren. Aber es gibt dort
noch keine Brücken! Die werden mit den zwei Steinen, die
jeder erhält, im Verlauf des Spiels gebaut.
Spielverlauf: Jeder Spieler bekommt eine Spielfigur und
nimmt damit eine der Startpositionen ein. Wer die höchste
Augenzahl würfelt, beginnt. Die Spielfiguren werden abwech-
selnd so viele Punkte gesetzt, wie der Würfel zeigt. Dabei
sind an einigen Wegstationen folgende Dinge zu beachten:

a) Uferpunkte (Kreissymbol mit Welle)
Wer ein solches Feld durchläuft (oder als schwierigere Variante genau erreicht) darf (muss aber nicht!) hier jeweils einen seiner beiden Steine für den Brückenbau verwenden (Stein auf
dem mit Punktlinie gekennzeichnetem Feld ins Wasser able-
gen). Eine Brücke ist komplett, wenn von beiden Seiten (d. h.
von beiden Spielern) je ein Stein abgelegt worden ist und somit an dieser Stelle eine Verbindung der beiden Ufer besteht.
Überqueren darf man eine fertiggestellte Brücke erst dann,
wenn man keine Steine mehr im Gepäck hat (d. h. wenn beide
Steine abgelegt sind).

b) Zahlenpunkte
Wer genau auf einem Feld mit einer Zahl landet, kann was erleben! Hier lassen sich, je nach örtlichen Gegebenheiten, verschiedene Ereignisse erfinden. Einige Beispiele:

1 = Lesepause in der Bibliothek (1 x aussetzen),
2 = frischer Wind vom Deich am Hafen (gleich noch mal
   würfeln!),
3 = kleiner Einkaufsbummel (1 x aussetzen),
4 = frischer Wind vom Wasser (gleich noch mal würfeln!).

Wenn sich die letzte Brücke am Ende des Weges auf einer
Uferseite noch nicht passieren lässt (weil sie nicht komplett ist
oder weil noch Steine im Gepäck sind), geht's denselben Weg
zurück – bis vielleicht an anderer Stelle eine Möglichkeit gefunden wurde, den Fluss zu überqueren. Mit den vier Steinen,
die im Spiel sind, lassen sich – je nach Verteilung – ein oder
zwei komplette Brücken bauen. Auf der anderen Seite ange-
kommen, geht's dann auf schnellstem Weg in Richtung Ziel,
das genau erreicht werden muss. Wer dort zuerst landet, hat
gewonnen.

Brücken-Memory

Das „Gesicht" vieler Orte wird durch Brücken bestimmt: Da
gibt es z. B. die imposante Köhlbrand-Brücke im Hamburger
Hafen, die malerische Gartenbrücke auf den Bildern des Ma-
lers Claude Monet und vermutlich auch irgendeine namenlo-
se Brücke in der Nähe eines jeden Wohnortes. Aus den Ab-
bildungen solcher Brücken, wie man sie in Reiseprospekten,
Zeitschriften oder auf selbst gemachten Fotos findet, lässt sich
ein Memory-Spiel herstellen. Dazu werden die Brückenbilder
so zerschnitten, dass auf der einen Bildhälfte das eine Brücken-
ende mit Ufer, auf der anderen Bildhälfte das andere zu sehen
ist. Diese Bildteile werden auf gleichgroß geschnittene Kärtchen
aus Pappe oder Zeichenkarton geklebt. Hat man z. B. 15 verschiedene Brückenbilder gefunden, entstehen daraus 30 Spiel-
kärtchen, die nun mit der Bildseite nach unten gut gemischt

auf dem Tisch verteilt und im Verlauf des Spiels reihum paarweise aufgedeckt werden. Passen die aufgedeckten Brückenteile nicht zusammen, bleiben die Karten an ihrem Platz und werden wieder umgedreht. Wer mit etwas Glück und gutem Gedächtnis die zusammengehörenden Teile aufdeckt, darf dieses Paar für sich behalten und als Gewinnpunkt verbuchen.

„Brücken-Sätze" bauen

Zwei frei gewählte oder ausgeloste Begriffe bilden die Pfeiler eines dazwischen zu bauenden Satzes. Heißen die Begriffe z. B. „Wind" und „Boot", so könnte der Satz lauten: „Wind kam auf und rüttelte an dem Boot". Es geht auch schwerer! Aus einer Reihe von Brücken kann eine ganze Geschichte entstehen!

1

Freunde
von Helme Heine

Erzählen & Entdecken

Franz von Hahn, Johnny Mauser und der dicke Waldemar sind zwar sehr verschieden, aber dennoch unzertrennlich. Jeden Morgen brechen sie zusammen auf zu neuen Abenteuern: Mit Fahrrad fahren und Paddeltouren, Angeln und Kirschen essen verbringen sie ihre Sommertage. Nur auf der Suche nach einem gemeinsamen Schlafplatz können sie sich nicht recht einig werden. Doch halb so schlimm – im Traum ist manches möglich…

Die Geschichte dieses Bilderbuch-Klassikers ist schnell erzählt. Die Beschreibung eines Tagesverlaufs vom Morgen bis zum Abend hat keine spektakulären Höhepunkte – doch fasziniert der feine Humor, von dem das Miteinander der drei so unterschiedlichen Freunde geprägt ist. Dick zu sein wie Waldemar, klein wie Johnny Mauser und flatterhaft wie Franz von Hahn erweist sich immer wieder als äußerst hilfreich, wenn es darum geht, die unterschiedlichen Stärken für gemeinsame Unternehmungen fantasievoll zu nutzen. Individualität und Solidarität scheinen sich hier in geradezu idealer Weise zu ergänzen. Dass Freundschaft nicht heißen muss, alles miteinander zu teilen, dass Träume und Fantasien eine Verbundenheit über alles Trennende hinweg schaffen können – das ist am Ende „die Moral von der Geschichte". So unaufdringlich und voller Witz erzählt, lassen sich leicht Bezüge zu ähnlichen Erfahrungen im Leben der Kinder herstellen und spielerisch ausgestalten.

Spielen & Gestalten

„Freunde"-Spielekette

In mancher Szene des Buches stecken Impulse für Gruppen-
spiele, bei denen das Thema „Individualität und Solidarität" im
gemeinsamen Tun stets mitschwingt. Hier einige Beispiele:

a) Weckerspiel

Die drei Hauptfiguren der Geschichte kennen ganz unter-
schiedliche Arten, die Tiere auf dem Bauernhof zu wecken:
Franz von Hahn kräht, Waldemar bläst in die Tröte und
Johnny Mauser schwingt ein Hämmerchen gegen die Milch-
kanne. Nach dem Muster der bekannten „Platzwechselspiele"
kann dies in einer akustischen Variante aufgegriffen werden.
Dabei sitzen die Kinder im Stuhlkreis und ordnen sich in etwa
gleichgroßen Gruppen verschiedenen „Wecklauten" zu, die
vorgegeben oder von der Gruppe selbst erfunden werden
können (z. B. Händeklatschen, Krähen, Trampeln, Pfeifen). Ein
Kind hat keinen Platz, steht in der Mitte und gibt eines der ver-
abredeten „Wecklaute" in die Runde. Alle, die diesen Laut für
sich gewählt haben, wechseln daraufhin flink die Plätze und
auch das Kind aus der Mitte hat nun die Chance, einen freige-
wordenen Stuhl zu ergattern. Wer am Ende ohne Sitzgelegen-
heit dasteht, ruft zur nächsten Runde…

b) Obsternte

So wie die drei Freunde im Buch ihre verschiedenen Fähigkeiten zu nutzen wissen, um ein leckeres Kirschenessen zu veran-
stalten, können auch in der Kindergruppe die Aufgaben beim
Ernten, Zubereiten und gemeinsamen Essen je nach Neigung
verteilt werden: Einige Kinder helfen beim Pflücken, andere
sind für das Waschen, Schneiden und Entkernen zuständig,

eine weitere Gruppe deckt einen festlichen Tisch oder erledigt, je nach Bedarf, weitere Küchenarbeiten. Beim Essen wird schließlich gerecht miteinander geteilt.

c) Schattenbilder malen

Die Abendsonne malt Schattenbilder von den Freunden. Mit einer künstlichen Lichtquelle (Strahler, Schreibtischlampe o. Ä.) im abgedunkelten Raum können die Kinder auch selbst voneinander Schattenbilder anfertigen. Sie werden dabei entdecken, wie jedes Profil seine einmalige und unverwechselbare Form trägt. Die Kinder setzen sich jeweils seitlich vor eine Wand, an der ein großer Bogen festes Papier glatt aufgehängt ist. Im Schein der Lichtquelle fällt der Schatten des Kopfes im Profil auf diesen Bogen und kann dort von einem anderen Kind als Umriss nachgezeichnet und ausgeschnitten werden. Aufgeklebt auf ein kontrastfarbenes Hintergrundpapier kommen die Merkmale jedes Profils gut zur Geltung.

Spiel- und Bewegungslied

In dem nachfolgenden Lied werden die erzählenden Strophen, die sich jeweils auf Ereignisse im Buch beziehen, von wiederkehrenden Bewegungsteilen mit einprägsamen Textwiederholungen eingerahmt. So ist es quasi als musikalisch-spielerische Zusammenfassung der Geschichte anzusehen.

Für eine szenische Gestaltung des gesamten Liedes stehen die Kinder im Kreis bzw. Halbkreis (wenn ein Publikum zuschauen soll) und singen zunächst gemeinsam die Eingangszeilen mit entsprechenden Bewegungen: stampfen, mit angewinkelten „Flügelarmen flattern" und nach „Mäuseart" leise auf der Stelle tapsen. Zu jeder Erzählstrophe (von allen oder einigen gesungen) treten dann nach vorheriger Absprache jeweils drei Kinder in die Mitte und stellen das Beschriebene pantomimisch dar: aufwachen, Fahrrad fahren, mit dem Boot rudern, Kirschen pflücken, schlafen, träumen… Danach stimmen alle kräftig in den abschließenden Kehrvers ein und können wiederum den gesungenen Text vielfältig gestalten: Kniebeugen für „Große" und „Kleine", dynamische Unterschiede bei den „Lauten" und „Leisen", Tempounterschiede im Singen und Bewegen bei den „Schnellen" und „Langsamen". Ein bisschen Übung ist dabei schon erforderlich, denn das „Bild" wechselt hier sehr rasch.

Freunde

1.-4. Da stampft der di - cke Wal - de - mar, da

flat - tert, flat - tert, flat - tert Franz von Hahn. Und

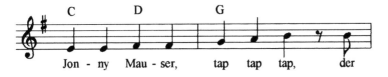

Jon - ny Mau - ser, tap tap tap, der

schließt sich hin - ten an.

1. Ge - mein - sam we - cken sie am Mor - gen

al - le Tie - re auf. Ein Fahr - rad bringt die

21

1

drei in Schwung, der Tag nimmt sei-nen Lauf. Ref.: Ja,

rich - ti - ge Freun-de kön-nen viel zu-sam men ma chen,

sind sie auch verschieden, es gibt vie - le Sachen, wo die

Gro-ßen, wo die Klei-nen, wo die Lau-ten, wo die

Lei - sen, wo die Schnel-len, wo die

Lang - sa - men ganz wich - tig sind!

2. Da stampft der dicke Waldemar...
Der Dorfteich ist zum Spielen
wohl der allerbeste Ort.
Sie steigen in ein altes Boot
und rudern damit fort.
Ja, richtige Freunde...

3. Da stampft der dicke Waldemar...
Bald treibt der Hunger sie an Land,
ein Mittagsmahl muss her!
Sie pflücken Kirschen hoch vom Baum,
zu dritt ist das nicht schwer.
Ja, richtige Freunde...

4. Da stampft der dicke Waldemar...
Am Ende eines langen Tags
bleibt niemand gern allein.
Im Traum sind sie einander nah',
so schön kann Freundschaft sein.
Ja, richtige Freunde...

Text und Musik: Susanne Brandt

Da kommt jemand
von Wolfgang Mennel

Erzählen & Entdecken

Was ist denn das? In der großen Spielzeugkiste wird es unruhig. Unbekannte Geräusche dringen von außen in das Dunkel ein. Nur vorsichtig öffnen der Bär und das Krokodil, der Pinguin und das Mäuschen den Truhendeckel einen Spalt weit – und sehen vor sich einen traurigen Clown, der dringend um Einlass bittet. Das Krokodil protestiert: In der Kiste ist es viel zu eng. Und bei Fremden sollte man doch lieber ein bisschen Abstand halten. Der Bär aber hat eine ganz andere Idee: Man könnte ja den Deckel auflassen. So reicht der Platz, und frischer Wind wäre da drinnen sowieso mal wieder nötig. Doch auch bei diesem Gedanken wittert das Krokodil Gefahr. Es ist die kleine Maus, die plötzlich weiß, was zu tun ist: Wenn der Clown nicht zu ihnen darf, dann geht sie eben hinaus zu dem Clown, der noch immer einsam und verloren im Zimmer steht. Bald wagen auch die anderen nach und nach den Schritt nach draußen, dorthin, wo für alle Platz ist – und an der Zimmertür ist die Welt noch lange nicht zu Ende...

Große Themen für kleine Kinder – Kinderbuchmacher lassen sich da gern von denen helfen, die bei den Kleinen gewöhnlich „gut ankommen": Puppen, Teddys und sonstiges Getier aus der Spielzeugkiste. In diesem Buch geht es um die Begegnung mit dem Fremden, um die Bereitschaft, aus Solidarität mit Hilfesuchenden ein Stück der gewohnten Sicherheit und Bequemlichkeit aufzugeben, vor allem aber um die Erfahrung, auf diese Weise mehr Freiraum für sich und andere zu gewinnen. Aber in der „Spielzeugkiste" kann noch mehr stecken. Schaut man sich auf dem Kinderbuchmarkt um, begegnet einem dieses Motiv in vielen Variationen, von denen einige bei den nachfolgenden Gestaltungsideen ebenfalls anklingen sollen. Mit Spielzeug verbinden sich individuelle Lebensgeschichten und Schicksale, Spielzeug wird geliebt oder verstoßen, steht in Konkurrenz zu anderen und kennt die eine große Angst: Irgendwann einsam und vergessen auf dem dunklen Dachboden zu liegen. Nicht zuletzt eignet sich altes wie neues Spielzeug dazu, Gespräche zwischen den Generationen anzuregen.

Praktische Erfahrungen mit diesem Thema haben gezeigt, wie stark Kinder sich über Spielzeug ansprechen lassen. Bei den im nächsten Abschnitt beschriebenen „Geschichten aus dem Spielzeugkoffer" wurden die Stofftiere für die Kinder zu wirklichen „begreifbaren" Figuren der dazugehörigen Bücher. Ganz natürlich fingen sie an, mit den Tieren zu sprechen, sie zu streicheln, zu trösten und darin ihre Anteilnahme an den in den Büchern beschriebenen „Lebensgeschichten" unmittelbar zum Ausdruck zu bringen.
Über diese Möglichkeit der persönlichen Berührung und Begegnung scheinen sich die Bücher für die Kinder sehr viel intensiver und tiefer zu erschließen, als es allein durchs Vorlesen oder gar durch belehrende und moralisierende Kommentare gelingen könnte.

Spielen & Gestalten

„Ich komme von weit her"

Gedanken und Erfahrungen aus der Geschichte können mit dem nachfolgenden Lied noch einmal aufgegriffen und mit eigenen Textideen der Kinder ergänzt werden.

1

Ich komme von weit her

Ich kom - me von weit - her und
hab viel mit - ge - macht, doch als ich merk - te,
ihr seid da, da hab ich mir ge - dacht: Ihr
seid be - stimmt ganz an - ders, doch
mit ein biss - chen Mut *kön-nen wir uns
ken - nen - ler - nen. Das wä - re gut!

*hier können weitere Textvarianten gefunden werden:
...können wir uns viel erzählen
...können wir zusammenrücken
...können wir was Neues wagen
...muss sich niemand mehr verstecken

Text und Musik: Susanne Brandt

1

Geschichten aus dem Spielzeugkoffer

Mitspieler: Ein Jugendlicher oder Erwachsener als Erzäh-
ler/-in und beliebig viele Kinder, die stellenweise in die
Handlung einbezogen werden.
Material: Ein alter Koffer, in dem sich (bei der hier vorge-
schlagenen Fassung) eine Puppe, zwei verschiedene (möglichst alte) Teddys, eine Clownsfigur (kann nach der Vorlage
der Buchillustration aus Pappe leicht selbst gebastelt werden)
sowie die Bücher mit den dazu passenden Geschichten
(s. Literaturliste) verbergen.

Mit Spielzeug kann man spielen – auch Geschichten vorspie-
len! Der nachfolgende Spieltext-Vorschlag stellt eine von vielen
denkbaren Möglichkeiten dar, verschiedene Impulse aus der
„Spielzeugkiste" in einer Handlung zu verbinden, um damit zu-
gleich das Interesse für eine ganze Reihe von Büchern zum
Thema zu wecken. Der eingangs exemplarisch vorgestellte Titel „Da kommt wer" wird bei dieser lebendigen Erzählform erst
zum Schluss „ins Spiel" gebracht. So kann dieses kleine „Kof-
fertheater" den Auftakt zu einer größeren Kindergarten- oder
Unterrichtseinheit rund um das Thema „Spielzeug" bilden, das
in verschiedene Richtungen weiter auszugestalten ist.
Als Darsteller treten auf: die Stoffbären Otto und Rudi sowie
die Puppe Bella und der Clown. Als „Bühne" dient ein alter
Koffer, den der Erzähler bzw. die Erzählerin sitzend auf den
Knien trägt bzw. auf einem Tisch vor sich aufstellt. Die Rollen
können wahlweise von einer Person oder auch von mehreren
Erzähler/-innen im Wechsel gesprochen werden. Dabei kann
die Wiedergabe der hier vorgeschlagene Textfassung wörtlich,
besser und lebendiger jedoch eher in freier Nacherzählung
geschehen.

Erzähler: (am verschlossenen Koffer horchend) Hört ihr das auch? Da raschelt und klopft doch jemand! Ja, ja, jetzt hör ich es ganz deutlich... (Deckel öffnet sich einen Spalt breit, Erzähler greift unauffällig hinein und lässt die Puppe Bella langsam hervorkommen)

Bella: (seufzend und tief durchatmend) Puh, endlich mal wieder frische Luft! Ist ja nicht zum Aushalten mit zwei so dicken Bären da drinnen (ins Publikum schauend) Ach, 'tschuldigung! Hab' gar nicht gesehen, dass ihr schon alle da seid. Na, dann will ich mich aber erst mal vorstellen (kommt jetzt ganz aus dem Koffer heraus und nimmt auf dem Deckel Platz) Also, ich bin Bella... das seht ihr ja wahrscheinlich schon an meinem Strickkleid... Wie? Ihr kennt keine Bella mit Strickkleid?... Nix von mir gelesen?... Und wenn ich jetzt das Stichwort „Dachboden" sage – fällt dann auch nicht der Groschen?... Na gut, dann erzähl' ich's mal ganz kurz: Es ist nun schon ziemlich lange her,

da lebte ich bei Sabine im Kinderzimmer. Heißt von euch zufällig jemand Sabine? Oder hat jemand von euch wenigstens auch eine Puppe mit Strickkleid bei sich im Kinderzimmer wohnen? (Antworten abwarten) Na, hab' ich's mir doch gedacht! Dann wisst ihr ja vielleicht auch, wie das manchmal so geht: Da hockt eine Puppe jahrelang im Kinderzimmer und merkt mit der Zeit, dass sie immer seltener in den Arm genommen wird. Und irgendwann heißt es dann – meistens kommt das von den Eltern: „Räum' doch mal dein Kinderzimmer auf! Du brauchst dringend mehr Platz für deine Schulbücher. Die Puppe da und all das andere Spielzeug packen wir in eine Kiste und stellen sie auf den Dachboden. Du spielst ja sowieso nicht mehr damit!" Na, die ahnten ja nicht, dass sich Bella mit dem Strickkleid nicht einfach auf den Dachboden verbannen lässt! Ausgerissen bin ich! Zugegeben – ein bisschen hat der Hampelmann dabei geholfen und ganz allein bin ich auch nicht losgezogen. Aber immerhin! Ich hab's geschafft! Auf dem Dachboden bin ich nicht gelandet! Da wundert ihr euch jetzt wahrscheinlich, warum ich hier freiwillig in einem alten Koffer herumreise. Na ja, das ist sozusagen eine kleine Tournee. Schließlich ist meine Lebensgeschichte ja in einem Buch aufgeschrieben worden. Und wer in einem Buch steht, ist schon ein bisschen berühmt und muss hin und wieder auch auf Reisen gehen und... (wird von einem Knurren im Koffer unterbrochen. Ein Bär steckt seinen Kopf heraus und sitzt dann neben ihr auf dem Kofferdeckel)
Rudi: Also, Bella! Nun spiel hier mal nicht den großen Star! Es gibt schließlich noch mehr Spielgefährten, über die Bücher geschrieben worden sind. Für mein Leben z. B. reicht ein Buch gar nicht aus! Von mir kann man gleich in zwei Büchern lesen! Ich bin nämlich schon ziemlich alt. Rudi ist übrigens mein Name – aber das wissen ja manche hier vielleicht schon! Und jetzt gibt's 'ne Rechenaufgabe für die Großen: Angenommen,

Christian, mein erster Besitzer, war fünf Jahre alt, als ich zu ihm kam. Und als Christian dann 25 Jahre alt war, wurde er selber Vater. Später schließlich – zum fünften Geburtstag seiner kleinen Tochter Sarah, saß ich bei ihr, frisch geflickt und entstaubt, wieder auf dem Geburtstagstisch. Das ist nun auch schon wieder fünf Jahre her. Nun rechnet mal nach: Wie lange kennen wir uns jetzt schon, der Christian und ich? (Antworten der Kinder abwarten). Tja, und deshalb hab' ich mich nun auch auf den Weg zu euch gemacht und bin mit in diesen Koffer gestiegen: Weil ich euch von Zeiten erzählen kann, die ihr euch heute vielleicht kaum mehr vorstellen könnt. Was hab' ich gestaunt, als ich mich auf Sarahs Geburtstagstisch umschaute. Könnt ihr euch vorstellen was da so alles lag? So etwas wünscht ihr euch heute wahrscheinlich auch zum Geburtstag (Beispiele aus dem Publikum sammeln). Bei Christian damals vor 30 Jahren dagegen! Fragt doch mal eure Eltern, wie bei denen damals der Geburtstagstisch aussah. Na ja – in der Zwischenzeit ist eben 'ne ganze Menge passiert! Steht alles in meinen Büchern. Ich find's wichtig, dass ihr das wisst – oder fragt doch einfach mal eure Eltern, ob die auch noch so einen alten Bären aus ihrer Kinderzeit haben. Ich bin sicher, der erzählt euch dann… (wieder öffnet sich der Kofferdeckel und ein weiterer Bär kriecht heraus)

Otto: Ach, Rudi! Du hast ja Recht. Es ist wichtig, dass die Kinder wissen, was früher so passiert ist. Aber 30 Jahre – was sind schon 30 Jahre! Meine Geschichte reicht noch

1

viel weiter zurück. Und gegen das, was ich da erlebt habe, sind deine kleinen Abenteuer doch kaum der Rede wert! Um die halbe Welt bin ich gereist – nicht gerade freiwillig. Aber so war das eben im Krieg: Menschen, mit denen man viele Jahre lang Seite an Seite in einem Bett geschlafen hatte, verschwanden von einem Tag auf den anderen, Häuser gingen in Flammen auf und gefährliche Kugeln flogen einem auf offener Straße um die Ohren! Ich hab' die Menschen einfach nicht mehr verstanden! Warum konnten sie plötzlich nicht mehr friedlich miteinander wohnen? Warum wurden einige Menschen so grausam davongejagt, nur weil sie irgendwie anders waren? Auch wenn ich jetzt wieder auf wundersame Weise ein gutes Zuhause gefunden habe – ich hab' noch mal diese Reise in einem Koffer auf mich genommen, um immer wieder daran zu erinnern: Lest mein Buch und sorgt auch dafür, dass so etwas nie wieder passiert! Fragt einfach nach Otto, dem Teddybären – oder fragt auch mal eure Großeltern danach, ob die den Krieg noch erlebt haben (evtl. spontane Wortmeldungen der Kinder abwarten).

Bella: Ach Otto, ich versteh' ja, dass deine alten Geschichten nicht in Vergessenheit geraten sollen. Aber ehrlich gesagt – ich glaub' ja nicht, dass so was Schreckliches jemals wieder passieren kann. Klar, ich weiß zwar selbst wie das ist, wenn man sozusagen vertrieben wird, aber zum Glück sehen die Menschen ja dann auch ein, dass sie nicht immer alles richtig gemacht haben, und am Ende ist alles wieder gut.

Otto: Gerade deshalb, Bella, gerade weil man aus Geschichten was lernen kann, will ich meine Geschichte immer wieder erzählen! Deshalb habe ich mein Buch geschrieben! Denn glaub' mir: Dass Menschen nicht friedlich miteinander leben können, dass für Hilfesuchende kein Platz da ist, nur weil sie irgendwie anders sind und nicht dazugehören – das passiert auch heute noch immer wieder! Und das find' ich ziemlich gefährlich, selbst wenn nicht immer gleich ein großer Krieg daraus entsteht und... (der Koffer öffnet sich noch mal einen Spalt weit und ein Clown schlüpft heraus)

Clown: Wenn ihr erlaubt, dass ich mich da mal einmischen darf: Das ist sehr richtig, was Otto eben gesagt hat! Zugegeben – meine Geschichte, die man auch in einem Buch nachlesen kann, ist eher unbedeutend gegen das tragische Schicksal von Otto. Da geht es nicht um einen furchtbaren Krieg, sondern nur um die Bewohner einer Spielzeugkiste. Aber ein bisschen haben die Geschichten doch miteinander zu tun: Ich war der Fremde, der Unerwünschte, für den kein Platz mehr da war. Aber zum Glück war da eine kleine Maus, die war viel mutiger als das große Krokodil und hat sich einfach mit mir auf den Weg gemacht. Eigentlich müsste mein Buch allen mutigen Mäusen gewidmet sein, obwohl das Mäuschen darin eine eher unauffällige Rolle spielt.

Rudi: Na, ich glaube, inzwischen ist unser Publikum wirklich neugierig geworden. Jetzt wird es Zeit, dass wir mal alle von diesem großen Deckel herunterspringen, um unsere Geschichten endlich ganz ans Licht zu holen. (Die Tiere werden neben den Koffer gesetzt, so dass der Deckel nun ganz geöffnet werden kann. Darin liegen die entsprechenden Bücher. Die Kinder bekommen die Gelegenheit, sich die Bücher, vielleicht zusammen mit den Eltern oder Großeltern, anzuschauen und über die Geschichten miteinander ins Gespräch zu kommen.)

Folgende Bücher sind im Koffer:

- Mennel, Wolfgang: Da kommt wer. Würzburg, 1999.
- Walser, Susi: Bloß nicht auf den Dachboden. Zürich, 1999 (mit Puppe Bella).
- Grzimek, Martin: Rudi bärenstark. München, 1998 (Bär Rudi, Bd.1 „Ein Bärenleben", leider vergriffen).

● Ungerer, Tomi: Otto. Zürich, 1999.
Folgende Bücher zum Thema „Spielzeug" können als Ergänzung ebenfalls vorgestellt oder in eine neu erfundene Spielhandlung eingebaut werden:

● Carmichael, Clay: Teddybär in Not! Gossau, 1999.
● Ende, Michael: Das kleine Lumpenkasperle. Stuttgart, 1996.
● Rieger, Anja: Lena und Paul. Frankfurt, 1998.
● Obrecht, Bettina: Die Teddybärmaschine. Hamburg, 1997.
● Nivola, Claire, A.: Elisabeth. Stuttgart, 1999.

Ein Bastelangebot, anknüpfend an die Geschichte aus der Spielzeugkiste, kann das Spiel ergänzen:

Wir basteln „Mut-Mäuse"

Material: Grauer Tonkarton, Wollfaden, Musterklammer (wie sie zum Verschließen von Brieftaschen verwendet wird).

Aus grauem Tonkarton wird der Umriss einer Maus geschnitten. Dazu Ohren zum Aufkleben und aus einer kreisrunden Scheibe ein Rad mit vielen „Beinen" am Außenrand und einem kleinen Loch in der Mitte.

Das Rad wird nun mit einer Musterklammer (durch ein passend platziertes Loch im unteren Teil des Mauskörpers) beweglich auf der Rückseite der Maus angebracht, so dass es sich dreht, wenn die Maus ohne Druck über den Boden geführt wird. Jetzt flitzt sie mutig durch den Raum! Komplett wird die Figur noch durch einen langen Wollfaden-Schwanz.

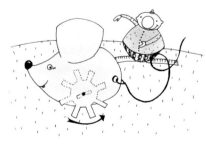

1

Der einsame Frosch
von Erwin Moser

Erzählen & Entdecken

Ein Frosch, der etwas abseits im hohen Schilf zur Welt gekommen ist, verlebt seine Tage ohne Kontakt zu anderen Lebewesen. Die ganze Welt, so meint er, besteht nur aus Schilf und Wasser. Doch manchmal ist da noch dieses unerklärliche Gefühl: Jene Mischung aus Traurigkeit und Sehnsucht, die aus Einsamkeit entsteht. Aber wer das Gefühl von Freundschaft nicht kennt, weiß auch nicht, was Einsamkeit ist. Allein sein rauer Gesang bleibt sein einziger Begleiter bei diesem Gefühl. Da kommt eines Tages ein Gewitter auf. Ruft ihn da jemand? Immer mutiger und entschlossener klettert der Frosch aus dem Dickicht hervor, erklimmt die langen Halme Richtung Himmel, von wo das geheimnisvolle Grummeln und Brüllen herklingt. „Hier bin ich. Ich komme", ruft er voller Erwartung der geheimnisvollen Stimme entgegen und grelle Lichtzeichen lassen als Antwort nicht lange auf sich warten. Der Frosch hat die Spitze des Halmes fast erreicht, da wirft ihn ein plötzlicher Sturm und Regen zurück in den Teich. Bewusstlos bleibt er im Wasser liegen. Drei Unken finden den Frosch. Rasch tragen sie ihn zu den Algennestern und als er die Augen wieder aufschlägt, sieht er sich von vielen freundlichen Fröschen umringt. Von diesem Tag an ist der Frosch nie mehr einsam.

Auf dem Weg hinaus aus der eigenen Einsamkeit können offene Ohren und der feste Entschluss, sich mit mutigen Schritten ins Unbekannte vorzuwagen, ein entscheidender Anfang sein. Mit einem Donnerschlag scheint die unbestimmte Sehnsucht des Frosches plötzlich ein Ziel zu haben und sich in Kraft zu

verwandeln. Unbeirrbar erklimmt er den Schilfhalm, lässt das
schützende Dickicht hinter sich, setzt sich dem Risiko, Wind
und Wetter aus – und fällt auf die Nase! Aber dieser Rück-
schlag erweist sich schließlich als unerwarteter „Glücks-Fall":
Das Gewitter hat dem Frosch die Augen und Ohren geöffnet,
hat ihn empfänglich gemacht für ein Gegenüber, eine Welt
außerhalb seines Verstecks. Die Naturgewalten haben seinen
Mut herausgefordert, ihn nicht vor den Mühen und Gefahren
dieses Weges geschützt – aber ihn am Ende dort ankommen
lassen, wo das wirkliche Ziel seiner Sehnsucht lag: bei der
Freundschaft und Nähe zu anderen Lebewesen.
Nicht immer zeigt sich bereits im ersten Impuls zum Aufbruch
und zur Veränderung schon das Ziel aller Wünsche. Oft sind
es gerade die Rückschläge und Enttäuschungen, die dort hinführen, wohin die anfangs noch unbestimmte Sehnsucht einen
in Wirklichkeit bringen will. Eine Mut-Mach-Geschichte mit
vielen Ober- und Untertönen, die im Spiel zum Klingen gebracht werden können.

Spielen & Gestalten

Verklanglichung

Viele entscheidende Ereignisse der Geschichte sind mit Klängen verbunden und lassen sich mit Klängen nacherzählen: der
rauschende Schilfwald, der traurige Gesang des einsamen Frosches, das Gewitter, der Sturm, der Platzregen. Daneben lassen
sich auch Vorgänge wie z. B. das Hochklettern am Schilfhalm
und der Sturz ins Wasser (aufsteigende und dann rasch abfal-
lende Tonfolge) sowie die Rettung durch die anderen Frösche,
die ihn behutsam in ein weiches Algenkissen legen (Wiegen-
liedmelodie) durch Töne ausdrücken. Einsetzbar hierfür sind
Percussion- und Orff-Instrumente ebenso wie klingende All-

tagsutensilien (Dosen, Deckel, Kamm, Papier etc.) und Körper-
instrumente (Fingerschnipsen, mit den Füßen trampeln etc.).
Nach einer Experimentierphase mit den verschiedenen
Klangmöglichkeiten der verfügbaren Instrumente und Materialien, kann entschieden werden: Was klingt wie Donnergrollen
(z. B. Donnerblech, Trommeln, Becken)? Wie klingt der traurige
Froschgesang (z. B. Blasen auf einem Kamm mit Butterbrotpa-
pier, Kazoo, Stimme)? Womit lässt sich der prasselnde Regen
darstellen (z. B. Rasseln, Regenrohr, Fingergetrippel auf der
Tischplatte)? Dem Verlauf der Handlung folgend, kann dann
z. B. auf einer Tapetenbahn eine Klangpartitur mit gemalten
Symbolen und Zeichen für die ausgewählten Klänge und Instrumente entworfen werden, die den Mitwirkenden hilft, sich
beim Spielen zu orientieren. Die Geschichte wird schließlich
so erzählt, dass an den betreffenden Stellen Raum und Zeit
bleibt für die akustische Untermalung. Vielleicht erfolgt am
Ende auch ein Durchgang ganz ohne Worte: Allein die Klänge
erzählen von dem, was geschieht.

Auch als Figurenspiel, gut kombinierbar mit der eben beschriebenen Verklanglichung, lässt sich die Geschichte darstellen:

Figurenspiel mit „Wäscheklammer-Fröschen"

Material: Holzwäscheklammern, grüner Tonkarton oder
Zeichenkarton, Wachsmalstifte, Klebstoff, Scheren, Utensilien
zur Gestaltung einer Teich- und Schilflandschaft als Tisch-
bühne (z. B. blaues Tuch, Zweige, Blätter, Halme, mit Papier
verkleidete Drähte, Moos u. Ä.)

Aus Karton werden Frösche geschnitten und so auf die Wäscheklammern geklebt, dass sich das Maul vorn durch leichten
Druck zum „Quaken" öffnen und schließen lässt.

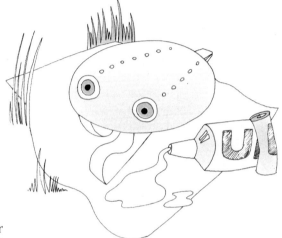

Ein „Klammerfrosch" kann auch einen ausreichend
stabilen Schilfhalm langsam bis zur
Spitze erklimmen, fällt von
dort oben ins Wasser (in ein
blaues Tuch), wird von anderen Fröschen gerettet und
findet sich endlich im Kreise der ersehnten Freunde
wieder.

Die Geschichte als „Bilder-Kino"

Frösche, Schilf- und Wasser-
landschaft, Regen und Gewitter
– die Motive, aus denen sich die
Szenen der Geschichte zusammensetzen,
sind relativ leicht zu malen. Mit wischfesten Filzschreibern auf
Folie gebracht, lassen sich die Bilder dazu per Tageslichtprojektor wie im Kino auf die Leinwand bringen: z. B. der Frosch
allein in seinem Schilfversteck, das Unwetter mit Regen und
Blitzen, der Frosch beim Erklimmen des Halmes, der Frosch
nach seinem Sturz ins Wasser, die Rettung und das schöne Er-
wachen im Kreise der anderen Frösche. Auch hierbei kann die
eingangs beschriebene Verklanglichung die Vorführung aku-
stisch untermalen.

1

...und noch mehr Froschgeschichten (für Kinder, die schon selbst etwas lesen und schreiben können)

Am Ende erzählt der Frosch den neugewonnenen Freunden seine Geschichte. Und sicher gibt es noch viele andere solcher Froschgeschichten. Doch die müssen erst erfunden bzw. gefunden werden! Wo eine öffentliche Gemeindebücherei in der Nähe ist, kann man dort nach solchen Geschichten suchen. Aber mit etwas Fantasie entstehen auch eigene Geschichten. Die Wäscheklammer-Frösche aus dem Figurenspiel helfen sogar dabei: Es werden zunächst möglichst viele Wörter gesammelt, die teilweise in Bezug zur Lebenswelt der Frösche stehen, vielleicht aber auch aus völlig anderen Bereichen stammen. So lassen sich z. B. ganz beliebige Wörter bilden, die jeweils mit einem Buchstaben aus dem Wort „F-R-Ö-S-C-H-E" beginnen. Das bunte „Wörter-Sammelsurium" wird dann, auf kleine Zettel geschrieben, im „Teich" (z. B. eine flache Schale) mit der beschrifteten Seite nach unten verteilt und vermischt. Jetzt fischen sich die „Wäscheklammer-Frösche" einzelne Zettel heraus und stellen sich anschließend mit ihrer „Beute" in beliebiger Reihenfolge nebeneinander auf. Mit dem Wort des ersten Zettels beginnt die Geschichte, und der Reihe nach wird so weitererzählt, dass auch die nachfolgenden Wörter auf den Zetteln in der Geschichte vorkommen. Dabei wechselt mit jedem Zettel auch der Erzähler.

„A wie Anton"

Als Einstieg oder Abschluss zur Geschichte vom einsamen Frosch wie auch zu den vielen anderen Geschichten, Büchern und Erzähl-Aktionen, die sich rund um das Thema „Frösche" finden lassen, kann folgendes Lied ins Spiel kommen:

A wie Anton

Aus den Süm-pfen im quatschnas - sen Moor

schaut hin und wie - der ein

Fröschlein her - vor. An - ton ist sein Na - me,

ob ihr wohl wisst, dass er auch in Bü-chern

gern zu - hau - se ist.

Refr.: A wie An-ton und B wie Bü-che-rei.

G wie Geschichten, und du bist da-bei!

H D wie hüp-fen und hal E- lo.

Hier ist heut was los, und An-ton ist froh.

Denn Geschichten, die findet er toll.
So viele Bücher, die sind damit voll!
Manchmal kann man hören, dass da was klingt,
wenn ein Wörtchen jammert und ein andres singt:
A wie Anton…

Frösche mögen nicht gern einsam sein.
Auch ein Wörtchen bleibt selten allein.
Viele haben sich schon zusammengetan,
so fängt immer wieder 'ne Geschichte an:
A wie Anton…

Text und Musik: Susanne Brandt

Die Zwergenmütze
von Brigitte Weninger/John A. Rowe

Erzählen & Entdecken

Im Wald verliert ein Zwerg seine Mütze und schon bald nehmen die Tiere den merkwürdigen Fund in ihren Besitz: Erst schlüpft der Frosch hinein, dann bittet das Mäuschen höflich um Einlass, gleich danach hüpft der Hase hinterher..., bis am Ende neun Waldbewohner in der Mütze Platz finden. Und ein zehnter steht auch schon vor der Tür. Doch bevor es sich der klitzekleine Floh in dem warmen Fell der Tiere gemütlich machen kann, nehmen alle lieber Reißaus. Der Zwerg hat den Verlust seiner Mütze inzwischen auch bemerkt, findet sie schließlich auf dem Waldboden wieder und zieht fröhlich damit heim. Ob er den Floh darin wohl schon bemerkt hat?

Die Geschichte erinnert an das russische Volksmärchen vom Fäustling: Dort ist es ein Handschuh, der im Schnee liegen bleibt und für zahlreiche Tiere des Waldes Herberge wird – von der kleinen Maus bis hin zum großen Bären. Am Ende ist es der Hund des Besitzers, der alle Bewohner in die Flucht schlägt.
In dieser alten wie auch in der neu erzählten Bilderbuchgeschichte bestimmt das Prinzip des traditionellen Kettenmärchens die Handlung. Das Muster dafür zeichnet sich schon nach den ersten Seiten ab: Ein kleines Tier sucht Unterschlupf in einer fremden Behausung, ein weiteres Tier kommt hinzu, bittet höflich um Einlass, wird freundlich aufgenommen, schon steht der nächste Gast vor der Tür usw. – bis der letzte Besucher alle in die Flucht schlägt. Die Reihenfolge der nacheinander auftretenden Tiere wird durch deren Größe bestimmt:

1

Während man sich einen kleinen Frosch allein in einer Mütze noch gut vorstellen mag, mutet es schon skurril an, wenn am Ende der dicke Bär ohne Probleme Aufnahme in der bereits voll besetzten Zipfelmütze findet. Und in umgekehrter Reihenfolge geht's dann am Ende auch wieder heraus, so dass der kleine Frosch diesmal das Schlusslicht bildet.

Besonders die jüngsten Kindergartenkinder lieben solche Geschichten sehr. Die klar erkennbare Ordnung und regelmäßige Wiederholung, mit der die Szenerie mehr und mehr auf einen Höhepunkt zusteuert, ist schon für Dreijährige leicht zu durchschauen. Gerade diese sichere Orientierung steigert die Lust am aktiven Mitgehen und Nacherzählen.

Spielen & Gestalten

Tierspuren-Ratespiel

Das Prinzip der klaren Orientierung und Wiederholung spiegelt sich im Text des Bilderbuchs ebenso wie in den Illustrationen wider. Nicht nur die Gestalt jedes Tieres wird witzig und ideenreich dargestellt, die Tiere hinterlassen auch ihre charakteristischen Fuß- bzw. Pfoten- oder Krallenspuren auf dem Papier. Kopiert oder abgemalt können diese Spuren auf Pappkarten übertragen und als Spielmaterial verwendet werden:

In einer einfachen Ratespiel-Form geht es zunächst bei jeder Karte um die Frage: „Zu welchem Tier gehören diese Spuren?"

Nach dem Prinzip des Bilder-Lottos oder Domino-Spiels kann eine Zuordnung zwischen „Spurenkarten" und passend dazu hergestellten „Tierkarten" mit Bildausschnitten aus dem Bilderbuch erfolgen.

Werden die Spuren bereits sicher erkannt und zugeordnet, können jeweils zusammengehörige Bildkarten (das Tier und die dazugehörige Spur) als Paare in einem Memoryspiel dienen.

Verklanglichung

Die verschiedenen Fußspuren lassen sich auch in dazu passende Klänge umsetzen: platschende Froschhüpfer, trippelnde Mäuseschritte, schleichende Fuchspfoten, stampfende Bärentapsen… Alle zur Verfügung stehenden Körper- und Percussionklänge können dafür erprobt und eingesetzt werden. Am Ende wird die Geschichte vielleicht ganz ohne Worte nur mit Geräuschen nacherzählt.

Rollenspiel

Ein großes Tuch (z. B. Schwungtuch) liegt als „Mütze" auf der Erde. Nach einer zuvor festgelegten Rollenverteilung – vielleicht lassen sich dabei auch die Kinder nach ihrer Körpergröße in eine Reihenfolge bringen – schlüpft ein Kind nach dem anderen unter das Tuch und kommt am Ende in umgekehrter Reihenfolge wieder daraus hervor. Die zuvor beschriebene Verklanglichung kann das Rollenspiel begleiten.

„In der Mütze"

Ebenfalls als Hinführung und Begleitung zum Rollenspiel
eignet sich das nachfolgende Lied, das in kleinen Dialogen –
im Wechsel gesungen – jeweils die Auftritte und Begegnungen der Tiere beschreibt. Das Lied setzt dort ein, wo der
Frosch bereits als erster in der Mütze verschwunden ist und
nun Besuch von der Maus bekommt: Der Frosch schaut heraus, die Maus stellt sich höflich vor und wird dann freundlich
eingeladen. Jeweils durch Wiederholung eines Taktes und entsprechend ergänzten bzw. ausgetauschten Tiernamen folgt das
Lied nun ganz dem einprägsamen Erzählmodell der Geschichte: Beim zweiten Durchgang schauen bereits zwei Tiere
aus der Mütze, um den Hasen als Dritten im Bunde zu begrü-
ßen usw. Am Ende schließlich laufen alle vor dem Floh davon.

In der Mütze

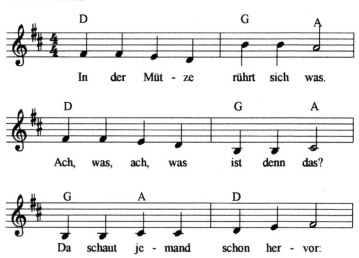

In der Müt - ze rührt sich was.

Ach, was, ach, was ist denn das?

Da schaut je - mand schon her - vor:

Mit jedem Durchgang des Liedes kommt ein weiteres Tier hinzu,
das aus der Mütze schaut. Es stellt sich bereits am Ende der vorangehenden
Strophe in einem kleinen Begrüßungsdialog vor.
Der Takt zwischen den Wiederholungszeichen wird bei der
Aufzählung entsprechend oft wiederholt.

1. Oh, ein Frosch...Bin 'ne Maus. Hallo, Maus...
2. Oh, ein Frosch. Und 'ne Maus...Bin ein Hase. Hallo, Hase...
3. Oh, ein Frosch. Und 'ne Maus. Und ein Hase...Bin ein Igel. Hallo Igel...
(usw. Es folgen noch: Vogel, Fuchs, Wildschwein, Wolf, Bär)

In der letzten Strophe heißt es am Ende:
„Guten Tag, wer bist denn du?"
„Bin ein Floh". „Ihh, ein Floh! Nein, lass du uns bloß in Ruh'!"

Text und Musik: Susanne Brandt
© Verlagswerkstatt kreuz & quer, Papenburg

2

DURCHS
JAHR

Der Berg und das Vögelchen

von Alice McLerran/Eric Carle

Erzählen & Entdecken

Nackt und kahl steht der Fels in der öden Landschaft. Der Besuch eines Vogels, der auf der Suche nach einem Nistplatz auf seinem Gipfel ausruht, lässt den Fels zum ersten Mal spüren, was Leben ist. Von nun an erwartet er sehnsüchtig jeden Frühling das Kommen des Vogels, seinen Gesang und seine Lebendigkeit. Mit jedem Jahr wird seine Sehnsucht nach dieser Begegnung größer – so groß, dass plötzlich ein Tränenstrom aus dem Innern des Felsen hervorbricht und sich als Bach über die toten Steine ergießt.

Als der Vogel im nächsten Frühjahr wiederkommt, bringt er einen Samenkorn mit, den er am Rande des sprudelnden Baches in einer Felsspalte zurücklässt. Der Samen findet Nahrung in dem Wasser und langsam, ganz langsam wachsen seine Wurzeln heran, die sich immer tiefer mit dem Berg verbinden. Eine Pflanze entsteht. Langsam, ganz langsam spürt auch der Berg die Veränderung, die mit ihm geschieht: Aus dem Samen wird eine Pflanze, aus einer Pflanze werden viele Pflanzen, ein ganzer Wald... Es kommt ein Frühjahr, da bringt der Vogel einen Zweig mit, um in den Bäumen des Berges nach einem Nistplatz zu suchen. Da weiß der Berg, dass sein Freund diesmal bleiben wird.

Viele Impulse lassen sich von dieser Geschichte her aufgreifen: Die Elemente und Kreisläufe der Natur, die verändernde Kraft von Begegnung, Berührung und Zuwendung, die befrei-

ende Wirkung von Trauer und Freude, die in einem hervor-
brechenden Strom ins Fließen kommt, langer Atem und Ge-
duld für das Wachsen und Werden – um nur einige Beispiele
zu nennen. Es ergeben sich daraus Beziehungen zum The-
menbereich „Frühling", zu Aspekten wie „Freundschaft" oder
„Gefühle", und mit Blick auf das belebende und verwandelnde
Wasser lässt sich auch zum Thema „Taufe" eine Verbindung
herstellen. Dem gewählten Schwerpunkt und Anlass entsprechend kann die kreative und spielerische Umsetzung in viel-
fältiger Weise geschehen.

Spielen & Gestalten

Fingerspiel „Der Berg"

Als Einstimmung in die Landschaft der Geschichte eignet sich besonders bei kleinen Kindern folgendes Fingerspiel (gesprochen oder gesungen) vor dem Erzählen:

Spielidee: Die Kinder finden sich paarweise zusammen. Ein Kind formt mit beiden Händen einen ausgehöhlten Berg, das andere Kind trippelt dort mit Zeige- und Mittelfinger erst hinauf, dann hinab und am Ende unter die bergenden Hände.

Der Berg

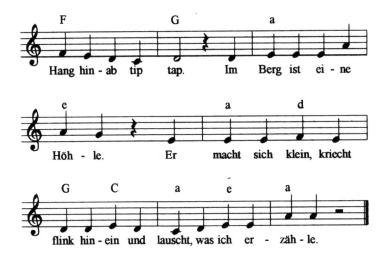

Text und Musik: Susanne Brandt
© Verlagswerkstatt kreuz & quer, Papenburg

Die Geschichte mit Geräuschen erzählen

Material: Steine, Rainmaker (oder Wind- und Regengeräusche mit anderen Materialien bzw. Körperinstrumenten
improvisieren), Glockenspiel, evtl. Flöte, Rassel mit
Samenkörnern, Bambusstäbe als Klanghölzer.

Die verschiedenen Entwicklungsstufen in der Geschichte können durch Klänge verdeutlich werden:

1. Noch ist der Berg nackt und kahl (Steine aneinander rei-
   ben), eine Berührung geschieht nur durch Wind und Regen (Wind- und Regengeräusche improvisieren).

2. Ein Vogel kommt zu Besuch und singt ihm sein Lied (evtl. Melodie des Liedes „Vogel singt" flöten oder einfach nur pfeifen).
3. Tränen der Trauer brechen aus dem Berg hervor („Tropfen" als A-Moll-Dreiklang auf dem Glockenspiel).
4. Der Vogel (jeweils durch sein Lied angekündigt) bringt Samenkörner mit (Rassel mit Samenkörnern oder Samenkörner, die auf einem Blechdeckel oder einem Handtrommelfell hörbar hin- und herrollen).
5. Aus den Samenkörnern wachsen Triebe, Bäume und Zweige heran (als Zeichen für die Stämme und Äste der herangewachsenen Bäume: Bambusstäbe in handliche Abschnitte von ca. 10 cm Länge zersägen und als Klanghölzer aneinander schlagen).
6. Der Tränenstrom hat sich in Freudentränen verwandelt („Tropfen" als C-Dur-Dreiklang auf dem Glockenspiel).

Die Klänge können zunächst beim freien Nacherzählen der Geschichte begleitend eingesetzt werden, schließlich aber auch ganz ohne Worte das Geschehen wiedergeben. Dabei übernehmen die Kinder mit den verteilten Klangmaterialien verschiedene Rollen bzw. Szenen. Eine nonverbale Darstellung der Handlung in dieser Weise setzt voraus, dass die Kinder gut aufeinander hören und sowohl auf ihren „Einsatz" wie auch auf das „Zusammenspiel" im Gesamtgeschehen Acht geben.

„Vogel singt"

Spielmaterial zum Lied: Viele Steine, ein Korb mit Pflanzenteilen (wie z. B. Früchte, Zweige, Blätter, Blüten), Feder.
Spielidee: Das kleine Frühlingslied kann als Kreisspiel dargestellt werden. Ein Kind sitzt als „Berg" in einem aus Steinen gelegten Kreis. Neben ihm steht ein Korb mit Blumen,

Vogel singt

Anstelle der „Schneeglöckchen" können auch andere Frühlingsboten für weitere Strophen genannt werden.

Text und Musik: Susanne Brandt
© Verlagswerkstatt kreuz & quer, Papenburg

Früchten und Zweigen, abgedeckt durch ein dunkles Tuch. Die übrigen Kinder der Gruppe bilden um die Steine und den Berg einen Außenkreis. Ein einzelnes Kind wandert als „Vogel" zum Liedgesang um den Berg herum und berührt ihn schließlich mit einer Vogelfeder, die es in der Hand trägt. Daraufhin holt der Berg ein Pflanzenteil aus seinem Korb hervor und legt es zwischen die Steine. Das „Vogelkind" gibt seine Feder an ein anderes Kind im Kreis ab, das somit zum „Vogel" wird, und das Spiel wiederholt sich. Den gewählten Pflanzenteilen entsprechend werden für das Lied weitere Strophen gebildet, indem jeweils in der letzten Zeile der botanische Begriff passend verändert wird. Am Ende ist die Steinlandschaft um den Berg herum ganz begrünt.

Riesenbilderbuch gestalten

Die einzelnen Szenen der Geschichte lassen sich als große, in Gruppenarbeit zu gestaltende Bilder aus gerissenen Buntpapierschnipseln darstellen, was auch vielen kleinen Kindern die Möglichkeit gibt, mitzuwirken. Die Grundform bildet dabei der Berg. Seine langsame Veränderung drückt sich in verschiedenen Farben aus.

Material: Buntpapier in grau, blau, grün, rot, gelb (nassklebend oder evtl. mit Klebstoff zu verwenden), fünf große Bögen Plakatkarton, etwas Wolle zum Zusammenfügen der Blätter als Riesenbilderbuch.
Gestaltung: Aus den verschiedenen Papierfarben werden Schnipsel gerissen. Auf die großen Kartonbilder wird jeweils der Umriss eines großen Bergs vorgezeichnet. Folgende Bilderfolge ergibt sich aus der Geschichte:

1. Der Berg ist kahl und grau (Bergform mit grauen Schnipseln auskleben).
2. Wasser bricht aus dem Berg heraus (auf einem Berg aus grauen Schnipseln entsteht eine Spur mit blauen Schnipseln als Wasser).
3. Pflanzen fangen am Rande des Baches an zu gedeihen (am Rande eines blauen Wasserlaufes auf dem immer noch grauen Berg finden auch grüne Farbteile Platz).
4. Am Ende ist der Berg ganz bewachsen (der ganze Berg ist jetzt mit grünen Schnipseln ausgeklebt, durchzogen vom Blau des Wasserlaufes und geschmückt mit gelben und roten Blütenfarben).

Der fünfte Bogen Plakatkarton lässt sich als Titelblatt frei gestalten. Dahinter können die entstandenen Bilder in der Reihenfolge 1 bis 4 geordnet, am linken Rand gelocht und zusammengebunden werden. Fertig ist das Riesenbilderbuch zur Geschichte!

Kindertag in Bullerbü
von Astrid Lindgren

Erzählen & Entdecken

In Stockholm, so liest Lasse in der Zeitung, ist Kindertag. Karussellfahrten, Ponyreiten und Überraschungen für Kinder stehen auf dem Programm. Nun gibt es in dem kleinen Dorf Bullerbü zwar kein Karussell – dafür aber einige erfinderische Kinder, die sich schnell einig sind, dass es auch in Bullerbü so einen Kindertag geben müsste. Vor allem Oles kleine Schwester Kerstin soll dabei mal so richtig ihren Spaß haben. Kann ja sein, dass sie danach für lange Zeit zufrieden ist und nicht mehr dauernd hinter den Großen herlaufen will. Aber nicht jede Idee weckt bei Kerstin Begeisterung. Mit einem Seil um den Bauch in der Luft zu hängen und „Berg- und Talbahn" zu spielen findet sie überhaupt nicht lustig. Dagegen geht es beim Puppenpicknick unterm Holunderbusch schon viel vergnügter zu. Kein Wunder, dass am Ende eines so ereignisreichen Tages die Kleine wie die Großen mächtig müde sind.

Seit nun schon 50 Jahren ist Astrid Lindgrens „Kinder von Bullerbü" so etwas wie ein Zauberwort, Synonym für eine paradiesisch anmutende Welt, in der Kinder unbeschwert leben und spielen können. Es ist vor allem jene Geborgenheit im Kreise der Familie und Freunde, die dort eine gesunde Portion Vertrauen wachsen lässt: In großer Freiheit, aber nicht ohne Halt, lustvoll und vergnügt, aber nicht frei von Konflikten und Mühen. Mit diesem Vertrauen erobern die Kinder ihre Welt, entdecken ihre Möglichkeiten und Grenzen, entwickeln Mut und Fantasie.

Auch wenn die Welt von Kindern (und Erwachsenen) heute sicher anders aussieht – Freiheit und Grenzen, Mut und Fantasie sind Erfahrungen, die für die Bewältigung des Alltags heute wie damals von zentraler Bedeutung sind. So geht es nicht darum, einen „Kindertag", wie dieses Buch ihn beschreibt (übrigens in neu illustrierter Ausgabe) an den konkreten Spielgewohnheiten und Freizeitinteressen von Kindern heute zu messen – und vielleicht als nicht mehr zeitgemäß zu verwerfen. Übertragbar auf die aktuelle Situation ist vielmehr die Art, wie Kinder hier die Initiative ergreifen, um einen Plan in die Tat umzusetzen: Wie sie erfinderisch werden, um mit ihren begrenzten Mitteln und Möglichkeiten eigene Ideen zu verwirklichen und wie sich das Miteinander von Kindern und Erwachsenen dabei konstruktiv gestalten lässt.

Spielen & Gestalten

Kindertag – auch bei uns

Die Idee, als Kind selbst die Initiative zu ergreifen und z. B. ein Kinderfest oder einen Spielnachmittag wie in dem Buch vorzubereiten, lässt sich auf viele Anlässe übertragen: Wie wäre es z. B. mit einer Geburtstagsfeier unter dem Motto „Wir spielen Kindertag in Bullerbü", bei der zunächst das Buch vorgestellt wird und die Gäste schließlich Gelegenheit bekommen, den Nachmittag durch eigene Einfälle mitzugestalten? Bei größeren Vorhaben mit mehr Öffentlichkeit ist eine genauere Planung notwendig. An folgenden Punkten können sich die Überlegungen dazu orientieren:

- Für welche Zielgruppe sollen die Spielangebote sein (Kinder welchen Alters, Familien)?
- Wo sollen die Aktionen stattfinden (drinnen oder draußen)?
- Welcher Zeitrahmen ist vorgesehen?
- Ist ein besonderer Anlass oder ein besonderes Thema zu berücksichtigen?
- Welche spontanen Ideen für Spielangebote gibt es (Brainstorming)?
- Was lässt sich davon leicht, was eher schwer in die Tat umsetzen, und wie lassen sich evtl. Probleme (auch finanzieller Art) lösen?
- Wie wird auf das Fest aufmerksam gemacht?
- Welche Aufgaben sind zu verteilen (von der Betreuung einzelner Spiele bis hin zum Kuchenbacken und Aufräumen)?

Kindertag – wie vor 50 Jahren in Bullerbü

Die Tatsache, dass die Bullerbü-Geschichten rund 50 Jahre alt sind, die dort beschriebene Welt für Kinder heute also zeitlich der Kinderwelt ihrer Großeltern entspricht, kann auch hinführen zu dem Thema „Leben und Spielen gestern und heute". Mögliche Gestaltungsideen dafür sind:

- Die Großeltern zeigen ihren Enkeln alte Spiele (und umgekehrt: Die Kinder zeigen ihren Großeltern, was ihnen heute Spaß macht).
- Die zusammengetragenen Erinnerungen und Ideen werden in einem selbst gestalteten Spielbuch aufgeschrieben.
- Aus alten und neuen Fotos entsteht eine Collage zum Thema.
- Ein gemeinsamer Museumsbesuch gibt weitere Hinweise auf Spielformen vor 50 Jahren.

Ein Spieltag rund um das Thema „Bullerbü"

Die Bullerbü-Geschichten von Astrid Lindgren, von denen es neben dem „Kindertag" noch viele weitere im Oetinger-Verlag gibt, können auch dazu anregen, bekannte Spielideen auf die Szenerie der Bücher abzustimmen und zu einer Spielekette zu verbinden. Dazu einige Beispiele:

a) Die erste Stromleitung in Bullerbü
Die Versorgung von Bullerbü mit Elektrizität war anfangs noch sehr störanfällig. Immer wieder musste ein Handwerker gerufen werden, um Leitungsschäden zu beheben. So wird gespielt: Die Kinder sitzen im Stuhlkreis und fassen sich als „summende Stromleitung" an den Händen. Ein „Elektriker" (für den im Kreis kein freier Stuhl bereitsteht) verlässt den Raum.

2

Währenddessen verabreden die Kinder im Kreis, an welcher Stelle der „Leitungsschaden" sein soll, den der Elektriker nun suchen muss. Er kommt herein, lauscht auf das permanente Summen der Leitung und nähert sich mal der einen, mal der anderen Stelle. Je dichter er an den heimlich ausgemachten „Leitungsschaden" herankommt, desto lauter wird das Summen! Meint er, die gesuchte Stelle gefunden zu haben, berührt er diese mit der Hand. Hat er richtig getroffen, gibt's einen lauten „Knall": Die Kinder im Kreis springen auf, wechseln die Plätze, und der Elektriker muss sehen, dass er nun einen Stuhl abbekommt. Wer am Ende keinen Platz gefunden hat, verlässt als „Elektriker" für die nächste Runde den Raum.

b) Kuhtreiben auf Bullerbü

Ab und zu werden die Kühe von Bullerbü von einer Weide zur nächsten geführt. Kann sein, dass dabei manchmal welche wild werden... So wird gespielt: Wie bei der bekannten „Löwenjagd" geht es auch hier darum, den wilden Kühen bei ihrem Lauf über Stock und Stein mit Geräuschen und Bewegungen zu folgen. Im Kreis sitzend wird das „Kuhgetrappel" mit wildem Trommeln der Hände auf den Oberschenkeln hörbar gemacht. Einer aus der Gruppe (bei jüngeren Kindern ein Jugendlicher oder Erwachsener) übernimmt mit einer abenteuerlichen Wegbeschreibung die Führung. Da geht es z. B. durch eine sumpfige Wiese (quatschnasse Geräusche), in eine scharfe Rechtskurve (der ganze Kreis neigt sich nach rechts) oder mit einem Sprung über den Zaun (alle springen von ihren Plätzen hoch). Je schneller die Ereignisse wechseln, desto mehr Spaß kommt ins Spiel. Die Tour steckt voller Hindernisse und Überraschungen und am Ende macht die aufgeregte Kuh kehrt und läuft den ganzen Weg zurück. Wer hat sich gemerkt, wo's langgeht?

c) Pressen von Mittsommer-Blumen

Beim schwedischen Mittsommerfest, das auch in Bullerbü gefeiert wird, gibt es den Brauch, nachts Blumen unters Kopfkissen zu legen. Die Träume haben dann eine ganz besondere Bedeutung. (Wer weiß, welche?) Aber es muss nicht immer das Kopfkissen sein. Sommerblumen aus der Mittsommernacht lassen sich auch zwischen Löschpapier und dicken Büchern eine Zeitlang pressen und später als Erinnerung in ein „geheimes Traumbuch" kleben.

d) „Wer wohnt da unterm Holunderbaum?"

Anknüpfend an das Puppenpicknick unterm Holunderbusch lässt sich folgendes Kreisspiel zu einer schwedischen Volksweise durchführen:

Spielidee zum Lied: Alle Mitspielenden bilden als Kreis, den „Holunderbaum" (Hände und Arme wie ein dichtes Geäst verzweigt und über der Kreismitte erhoben). Darunter finden nun, jeweils beim Namen gerufen, mehr und mehr Kinder aus dem Kreis Platz. Der nach und nach aus immer weniger Menschen bestehende Baum muss also seine Äste immer weiter ausstrecken, um mehr und mehr Kinder in seine Mitte aufnehmen zu können. Am Ende lautet die letzte Strophe: „Das wird bestimmt die… sein. Mehr passen nun wirklich nicht rein!"

Unterm Holunderbaum

Wer wohnt da un - term Ho - lun - der-baum?

Hin - ter den Zwei-gen er - kennt man es kaum.

Das wird be-stimmt die Mai - ke sein!

Komm' und la - de dir noch je - mand ein.

Anstelle von „Maike" können beliebig die Namen anderer
Kinder aus dem Kreis eingesetzt werden.

Text: Susanne Brandt
Musik: Volksweise aus Schweden

Noch eine Rosine bis Weihnachten

von Janosch

Erzählen & Entdecken

Der kleine Tiger und der kleine Bär – für Janosch-Fans keine Unbekannten – warten auf Weihnachten. Sie üben sich im Zählen der noch verbleibenden Tage und Nächte, da hat der kleine Bär eine Idee: Wenn man neunzehn Erbsen in eine Reihe auf den Tisch legt – denn genau so viele Tage sind es noch bis Weihnachten – und dann jeden Tag eine wegnimmt, lässt sich genau ablesen, wann das herbeigesehnte Fest endlich beginnt.

Der kleine Tiger findet das sehr einleuchtend. Nur die Erbsen hätte er doch lieber gegen süße Rosinen eingetauscht. Sogleich wird der Vorschlag in die Tat umgesetzt. Am nächsten Morgen weckt der kleine Tiger den kleinen Bären ganz aufgeregt. „Nur noch ein Tag bis Weihnachten!", weiß er triumphierend zu verkünden. Und tatsächlich: Nur noch eine süße Rosine liegt da auf dem Tisch. Ob da wohl jemand etwas nachgeholfen hat?

Die Adventszeit ist die Zeit des Wartens. Adventskalender und Kerzenkranz sind vertraute Zeichen, die das Näherrücken des Festes sichtbar machen. Oft mischen sich Spannung und Vorfreude mit Ungeduld und dem Wunsch, die Zeit doch etwas schneller weiterdrehen zu können. Die adventlichen Zeichen und Rituale machen uns jedoch immer wieder bewusst, dass die Zeit eben nicht in unseren Händen liegt.

In der Janosch-Geschichte wird diese Erfahrung humorvoll thematisiert. Es scheint dem kleinen Tiger ein süßes und durchaus logisches Vergnügen zu sein, die Zeit bis Weihnachten eigenmächtig ein bisschen zu beschleunigen. Doch so hat der kleine Bär seine Idee wohl nicht gemeint.

Spielen & Gestalten

Vorhang auf im Kartontheater!

Material: Schuhkarton, zwei Holzstäbe (z. B. Schaschlikstäbe), mehrere Rosinen, Zeichenkarton, Papier, Klebestreifen, Farben, Schere, Bindfaden.

Bei einem Schuhkarton wird die vordere Seite aufgeschnitten und heruntergeklappt, so dass der Innenraum eine sichtbare Spielfläche ergibt. Sie wird als weihnachtliche Wohnung für Bär und Tiger fantasievoll mit Papier und Farben ausgestaltet. Die Spielfiguren „kleiner Bär" und „kleiner Tiger" (Vorlagen dafür bieten die Illustrationen des Buches) werden auf Pappe oder festen Zeichenkarton übertragen, angemalt und jeweils an die vorderen Enden der beiden Holzstäbe geklebt. In die Seitenwände des Schuhkartons werden Löcher für die Holzstäbe gebohrt. Durch sie lassen sich die Figuren im Innern des Kartons von außen her führen.

Der Spieltext ergibt sich aus den in der Geschichte enthaltenen Dialogen, zu denen die Figuren entsprechend agieren. Im Handlungsverlauf kommen auch die Rosinen ins Spiel (die Anzahl entspricht dabei der tatsächlich noch verbleibenden Tage bis Weihnachten): Während der kleine Bär schläft, sorgt der kleine Tiger dafür, dass sich die Rosinen über Nacht schneller als erwartet „reduzieren" (wie ein Schieber schafft die Kartonfigur am Holzstab die Rosinen heimlich beiseite).

Ob Weihnachten dadurch nähergerückt ist? Viele Kinder können mit verschiedenen Aufgaben an der Ausgestaltung des Kartontheaters mitwirken und die Aufführung z. B. auch durch Musik untermalen. (In der Geschichte spielt der kleine Bär nachmittags auf der Blockflöte Weihnachtslieder!) Beim Spielen kann der Karton auf einem Tisch stehen oder wie ein Bauchladen an einem Band umgehängt werden.

Vom Kartontheater zum Adventskalender

Baut sich jedes Kind ein eigenes Kartontheater, kann es damit die Geschichte auch zu Hause nachspielen oder weitere Szenen erfinden. An der Wand aufgehängt wird der Karton vielleicht zu einem „Janosch-Adventskalender": Vor den Figuren liegen 24 (oder den verbleibenden Tagen entsprechend weniger) kleine „Leckereien", und jeden Tag darf eine (!) davon gegessen werden. Wer mag, kann die Kartonwohnung mit der Zeit immer weihnachtlicher ausschmücken. Am Schluss dürfen der kleine Bär und der kleine Tiger dann wirklich (vielleicht mit Mini-Tannenbaum?) Weihnachten feiern!

Pettersson kriegt Weihnachtsbesuch

von Sven Nordqvist

Erzählen & Entdecken

Der alte Pettersson und Kater Findus ziehen durch den dick verschneiten Wald, um einen Tannenbaum für das bevorstehende Fest zu holen. Es liegen erst einige Zweige im Schlitten, da passiert es: Pettersson stolpert über einen Stein, überschlägt sich – und muss mit verstauchtem Fuß nach Hause humpeln. An Weihnachtsbaum holen, Küche schrubben und Einkäufe machen ist nicht mehr zu denken! Mit der Aussicht, zum Fest ohne Baum in einer schmutzigen Küche zu hocken und an alten Mohrrüben zu nagen, sehen beide traurigen Tagen entgegen.

Doch schon bald kommt Besuch. Nachbarn schauen herein, bieten ihre Hilfe an, und auch Kater Findus bleibt nicht untätig hinterm Ofen sitzen: Er hilft Pettersson, aus den bereits gesammelten Tannenzweigen und einer alten Holzlatte als Stamm einen Weihnachtsbaum zu zimmern und holt aus Schubladen allerlei Krimskrams hervor, um daraus den Baumschmuck zu basteln. Den Nachbarn fällt es nicht schwer, etwas von ihren Festtagsvorräten abzugeben, und so füllt sich die Stube rasch mit Weihnachtsduft und fröhlichen Menschen. „Was für ein schöner Heiligabend", kann Pettersson am Ende seinem Findus ins Ohr flüstern, während beide satt und glücklich am Kachelofen bei Kerzenschein den Tag ausklingen lassen.

Die „Pettersson-und-Findus-Bücher" von Sven Nordqvist gehören bei Alt und Jung zu den „Rennern" auf dem Bilderbuchmarkt. Voller Situationskomik und reich an originellen Details laden die Bilder zum Schauen und Schmunzeln ein. In vielen Ecken spielen sich kleine „Nebengeschichten" ab. Die Fantasie des Autors scheint unerschöpflich zu sein – und beflügelt die Fantasie der Betrachterinnen und Betrachter. Pettersson, die kauzige Hauptfigur, und Findus, sein treuer Begleiter, haben immer wieder Pannen und Peinlichkeiten des Alltags zu meistern. Unkonventionelle Lösungswege, mitunter sehr komische Ideen und oft eine überraschend sich auftuende Hilfe, sorgen dafür, dass sich verfahrene Situationen am Ende doch noch zum Guten entwickeln – wenn auch vielleicht etwas anders, als ursprünglich geplant.

Den Zwängen und Ansprüchen unserer vorweihnachtlichen Geschäftigkeit wird durch dieses Buch eine gute Portion Improvisationstalent gegenübergestellt. Denn was passiert wirklich mit dem Fest, wenn nicht alle Wünsche in Erfüllung gehen, wenn etwas unser ausgeklügeltes „Timing" durchkreuzt, wenn das Haus nicht perfekt herausgeputzt ist und plötzlich Zutaten für den Sonntagsbraten fehlen? Solidarität, überraschende Vielfalt, geteilte Freude, unerwartete Begegnungen und neue Sichtweisen – so etwa lautet die Antwort und „Weihnachtsbotschaft" des Buches.

Spielen & Gestalten

Weihnachtsbaumschmuck mal etwas anders

Auch wenn das „Outfit" des Weihnachtsbaumes angeblich in jedem Jahr Trends unterworfen ist, die durch Zeitschriften und entsprechende Warenangebote die Gunst der Käuferinnen und Käufer suchen – manchmal reicht schon ein Griff in die Schublade, um die Tanne in festlichem Glanz erstrahlen zu lassen. Für einen Weihnachtsbaum „a la Pettersson" werden nämlich Krimskrams und Materialreste, für die es sonst keine Verwendung mehr gibt, zu neuem Leben erweckt: Knöpfe an bunten Wollfäden, Girlanden aus bemalten Korken, Figuren aus Papierresten, Sterne aus Strohhalmen und Alufolie – der Fantasie sind keine Grenzen gesetzt! Besonders viel Spaß macht es, wenn die „Baumschmuck-Werkstatt" zur Gruppenaktion wird, bei der jeder etwas aus Kramschubladen und Kellerkisten von zu Hause mitbringt und aus der vielfältigen Materialauswahl originelle Neukreationen entstehen.

„Weihnachtsgäste"

Gesungen nach einer schwedischen Weihnachtsmelodie, bringt das folgende Lied eine entscheidende Erfahrung aus der Geschichte zur Sprache: Ein Fest wird zum Fest, wenn Gäste kommen und etwas zum gemeinsamen Feiern mitbringen. Mit eigenen Einfällen für „Mitbringsel" werden Strophen dazugedichtet.

Weihnachtsgäste

Anstelle von „Kuchen" können andere Dinge
für das gemeinsame Fest genannt werden:
Käse, Brötchen, Eier, Würstchen, Kerzen, Plätzchen…

Text: Susanne Brandt
Musik: trad. nach einem schwedischen Weihnachtslied

© Verlagswerkstatt kreuz & quer, Papenburg

Ein Tipp: Das „Festlied" lässt sich auch zu anderen Anlässen – unabhängig von Weihnachten und Pettersson – singen, wenn in der letzten Zeile das Wort „Weihnachtslaune" z. B. durch „gute Wünsche" ersetzt wird.

Pettersson als Bühnenstück

„Pettersson kriegt Weihnachtsbesuch" kann ohne viel Aufwand auch (vor-)gespielt werden. Schauplatz des Geschehens ist eine ziemlich unordentliche Stube, die mit Tisch, Stuhl und vielerlei zusammengetragenen Haushaltsgegenständen fantasievoll ausgestaltet werden kann. Neben den Hauptdarstellern „Pettersson und Findus", die durch charakteristische Kleidungsstücke wie Hut, Mütze, grüngestreifte Katerhose und Pettersson-Weste leicht als solche zu erkennen sind, können beliebig viele Mitspieler und Mitspielerinnen als hilfsbereite Nachbarn ins Spiel kommen. Handlungsverlauf und Sprechtexte ergeben sich aus dem Buch, wobei eher die Freude am Spielen und Improvisieren als das perfekte Einstudieren vorgegebener Rollen im Vordergrund stehen sollte.

Vielleicht wird am Ende ein etwas anderes Weihnachtsspiel für Kirche oder Kindergruppe daraus, in dessen Verlauf der Kirchen- oder Gemeindehaus-Weihnachtsbaum tatsächlich auf „Pettersson-Art" geschmückt wird.

2

SPIELRÄUME DER FANTASIE

Wenn Schnuddel in die Schule geht

von Janosch

Erzählen & Entdecken

Schnuddel, eine der populären Janosch-Figuren, soll zur Schule kommen. Ausgestattet mit Stift und Papier zum Schreibenlernen sowie einem leckeren Butterbrot – denn wer lernt, muss schließlich auch gut essen – macht er sich auf die Socken. Das Brot ist bald verzehrt, und auch das Papier erweist schon unterwegs seinen Nutzen in vielerlei Weise: Mal dient es als Segel für eine vergnügliche Teichüberquerung, dann wird es zum Drachen, um damit in die Lüfte zu steigen und als Zelt lädt es zu einem erholsamen Nickerchen ein. Nur schade, dass er dadurch am Ende viel zu spät in der Schule ankommt! Immerhin – ein bisschen Schreiben wird er an diesem aufregenden Tag doch noch lernen. Und morgen muss der Wecker eben etwas früher klingeln. Wer weiß, was auf dem Weg zur Schule dann wieder alles passiert...

Lesen und Schreiben lernen ist wichtig – davon ist Schnuddel fest überzeugt. Aber mindestens genauso wichtig ist es, mit Fantasie und Erfindergeist die großen und kleinen Aufgaben des Alltags meistern zu lernen. Dieses „Lernziel" wird für Schnuddel bereits auf dem Weg zur Schule erreicht. Und seine ganz unterschiedlich begabten Freunde, denen er nach und nach begegnet, spielen dabei eine wichtige Rolle. Ihre verschiedenen Fähigkeiten werden für Schnuddel immer wieder zum Impuls, etwas Neues auszuprobieren. Genauer gesagt: Mit einem einfachen Blatt Papier eigene Ideen zu „entfalten", die ihn auf seinem Weg weiterbringen. Dass damit nicht zuletzt auch sein Selbstbewusstsein eine Förderung erfährt, wird am Ende des Buches offensichtlich. Aus drei Buchstaben, die er nach dem verpassten Unterricht noch von der Schultafel abmalt, formt sich für ihn ein erstes Wort: „I-C-H".

Spielen & Gestalten

Was sich aus einem Blatt Papier alles macht lässt

Schon beim Erzählen bzw. Vorlesen der Geschichte wird die Lust geweckt, das Beschriebene selbst mit einem Blatt Papier auszuprobieren. Wie faltet man ein Boot? Wie verwandelt man ein Blatt Papier in ein Flugobjekt? Wie gelingt die Konstruktion eines Zeltes? Neben diesen kleinen Papierarbeiten, die mit wenigen Handgriffen direkt beim Erzählen ausgeführt werden, können sich weitere Papierbastelarbeiten anschließen. Nachspielen lässt sich die Geschichte z. B. mit Papierfiguren, die den Illustrationen im Buch nachempfunden sind. Dazu werden die Figuren zum Ausmalen abgezeichnet (etwa 10 cm groß), auf festen Karton kopiert und so ausgeschnitten, dass sich am unteren Ende jeweils ein etwa 1,5 cm breiter und 2,0 cm langer Papiersteg befindet. Wäscheklammern, die sich der Länge nach auf der Spielfläche hin- und herschieben lassen, dienen den Spielfiguren als „Füße". Wenn man ihren Steg einfach dort einklemmt, können sie aufrecht stehen und zu der Geschichte agieren.

„Mit Bleistift und Papier"

Die Wandlungsfähigkeit von einem Blatt Papier kann zur Vertiefung und Ergänzung der Geschichte auch mit folgendem Lied nochmals erprobt werden. Jede Strophe regt dazu an, das Genannte spontan mit einem Blatt Papier darzustellen. Aus weiteren Ideen der Kinder werden neue Strophen gebildet.

Mit Bleistift und Papier

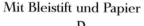

Ich kann 'was Tol - les ma - chen mit

Blei - stift und Pa - pier, im

Hand - um - drehn, du wirst schon sehn, ich

zeig es dir: Ein Se - gel für ein Boot - da
zu brauch' ich ein Blatt. Doch glau - be ich, dass
je - mand hier noch mehr I - de - en hat!

...

2. Ich kann 'was Tolles machen
mit Bleistift und Papier,
im Handumdrehn, du wirst schon sehn -
ich zeig es dir:
'nen Drachen für den Wind -
dazu brauch' ich ein Blatt.
Doch glaube ich, dass jemand hier
noch mehr Ideen hat.

3. Ich kann 'was Tolles machen...
Ein kuscheliges Zelt -
....

4. Ich kann was Tolles machen...
'ne Uhr für Sonnenschein
...

5. Ich kann was Tolles machen...
Ein winziges Gedicht
...

Text und Musik: Susanne Brandt
© Verlagswerkstatt kreuz & quer, Papenburg

Die Elfe mit dem Taschentuch

von Astrid Lindgren

Erzählen & Entdecken

Lena bekommt von ihrer Tante zum Geburtstag ein ganz besonders schönes Spitzentaschentuch. Gut aufpassen will sie auf diese Kostbarkeit. Doch da geschieht nachts etwas Seltsames: Eine kleine Elfe, weinend und nackt, sitzt plötzlich auf Lenas Fensterbrett. Ihr Kleid, so erzählt sie schluchzend, sei im Rosenbusch hängen geblieben und zerrissen. Doch damit nicht genug: Gerade heute soll bei Mondschein im Garten der große Ball des Elfenkönigs stattfinden. Eine Königin will er sich suchen. Aber ohne Kleid ist an einen Ballbesuch natürlich nicht zu denken. Da fällt ihr Blick plötzlich auf das sorgsam gefaltete Spitzentaschentuch. Was wäre das für ein festliches Gewand! Lena zögert nicht, der Elfe in ihrer Not zu helfen. Augenblicklich verwandelt sich das feine Stück Stoff in ein schwingendes Kleid, in dem die Elfe nun überglücklich davonschwebt. Aber auch Lena hält nun nichts mehr in ihrem Bett. Sie schlüpft hinaus in den Garten und schaut dem festlichen Treiben auf der Wiese vom Apfelbaum aus zu. Gut möglich, dass ihr Taschentuch bald das Kleid einer Elfenkönigin ist!

Die Kunstmärchen von Astrid Lindgren zählen zu den Klassikern der Kinderliteratur. Anders als in den Alltagsgeschichten aus Bullerbü oder Saltkrokan geschieht hier ein ganz natürlicher Übergang in eine magische Fantasiewelt. Es ist die Welt der Elfen und Trolle, typische „Bewohner" der schwedischen Volksmärchen und -sagen. Doch Astrid Lindgrens Märchen sind keine Nachahmung dieser volkstümlichen Stoffe. In ihrer ganz besonderen Art, die Wünsche und Visionen von Kindern zu beschreiben und ernst zu nehmen, sind es vor allem typische „Astrid-Lindgren-Geschichten": Staunen und Achtsamkeit auch für Fremdes und Ungewöhnliches, Lachen und Weinen, Abenteuer und Geborgenheit, Offenheit, Vertrauen und die Bereitschaft, unmittelbar und nicht berechnend zu handeln – so etwa lässt sich benennen, was wie ein „roter Faden der Menschlichkeit" die Bücher der beliebten Autorin durchzieht. Auch Kummer und Freude, Neugier und Behutsamkeit in diesem Märchen sind von einer solchen menschlichen Grundhaltung geprägt. Mit Liebe und Leichtigkeit erzählt, nicht pädagogisch belehrend oder moralisierend, vermittelt das Märchen den Zauber und die Zartheit der Elfenwelt, ohne den Bezug zur Wirklichkeit des Kindes zu verlieren.

Spielen & Gestalten

Taschentuch-Marionetten

Material: Taschentücher bzw. Stoffreste und etwas Spitze zum Verzieren, Bindfaden und Nylonschnur, Styropor-Kugel oder Watte zum Ausstopfen des Kopfes, evtl. Wollreste, Goldfäden, Filzstifte zur Gestaltung der Haare und Gesichter, (Gardinen-) Holzring o. Ä. als Halterung für die Führungsfäden an Armzipfeln und Kopf.

Quadratische Tücher aus dünnem Stoff (Taschentücher bzw. aus geeigneten Stoffresten passend zuschneiden) lassen sich leicht in „schwebende Elfen-Marionetten" verwandeln, mit denen sich das Tanzen und Feiern der Elfen beim nächtlichen Gartenball fantasievoll nachspielen lässt. Die passende Musik dafür kommt durch schwedische Volksweisen der nachfolgenden Lieder (mit Blockflöte, Gitarre, Akkordeon etc. leicht zum Klingen zu bringen) ins Spiel. Alternativ dazu eignen sich auch andere Musikstücke (z. B. die „Lyrischen Stücke" von Edvard Grieg als Tonträger-Aufnahme oder Klavierspiel „live") als Elfen-Tanzmusik.

Schwedische Elfenlieder zum Spielen, Tanzen und Singen

Abgesehen von der Möglichkeit, die Elfen-Marionetten tanzen zu lassen, können sich die Kinder auch selbst mit großen Tüchern als Elfen verkleiden und die Lieder mit Bewegungen gestalten.

a) Elfentanz

Tanzbeschreibung: Aufstellung im Kreis. Alle – bis auf ein Kind, bei dem das Tuch fehlt – schwenken zur Musik der 1. Strophe ein Taschentuch. Das Kind ohne Tuch macht sich nun auf den Weg, um sich von einem anderen Kind sein Tuch schenken zu lassen. Mit dem geschenkten Tuch tanzt es nun in der Kreismitte zur 2. Strophe. Ein zuvor bestimmter König des Kreises tritt nun hervor und führt die Elfe aus der Kreismitte feierlich als Braut hinaus. Dabei heben zwei nebeneinander stehende Kinder an einer Stelle im Kreis ihre Arme zu einem Tor, durch das das Paar nun gehen kann. König und Königin laufen dann außen um den halben Kreis herum und reihen sich an der gegenüberliegenden Seite wieder in den Kreis ein. Das Kind, das eben sein Taschentuch verschenkt hat, darf sich nun als Elfe von einem anderen Kind ein neues Tuch schenken lassen. Damit geht das Spiel wieder von vorn los. Bei mehreren Durchgängen kann die Rolle des Königs immer wieder neu vergeben werden.

Elfentanz

Heu-te nacht beim Gar-ten-ball tan-zen vie-le

Gäs - te. Ach, die El - fe hat kein Kleid,

kann wohl nicht zum Fes - te.

Kommt die El - fe zu Be-such, schen-ke ihr dein

Ta-schen-tuch, nimm' das al - ler - bes - te.

2. Aus dem Tuch wird rasch ein Kleid,
schnell ist sie verschwunden.
Seht nur, seht - da dreht sie schon
glücklich ihre Runden.
Elfenkönig schaut sich um,
hat die schönste Königin
bald für sich gefunden.

Text: Susanne Brandt
Musik: trad. aus Schweden

b) Draußen im Garten

Gestaltung: Der Text dieses Liedes regt zu entsprechenden Bewegungen (Kopf wiegen, Arme schwingen, Beine schütteln etc.) an, wobei neue Strophen mit weiterer Text- und Bewegungsideen beliebig ergänzt werden können. Als Begleitung lassen sich zudem passende Instrumente für „klingende Glockenblumen" einsetzen (z. B. Glockenspiel, diverse Handglocken, Klangstäbe aus Metall, Schellen etc.).

Draußen im Garten

Hört, es klingt noch die Mu -
sik von hel - len Glo - cken - blu - men.

2. Sag' mir, wie tanzen die Elfen bei Nacht,
draußen in unserm Garten?
Wiegen die Köpfchen beim ersten Ton*,
können es kaum erwarten.
Hört es klingt noch die Musik
von hellen Glockenblumen.

Weitere Strophen lassen sich bilden, wenn für die dritte Zeile*
weitere „Elfenbewegungen" gefunden werden:
z. B. ...schwingen die Arme...
...schütteln die Beine...
...heben die Hände...

Text : Susanne Brandt
Musik: trad. aus Norwegen

Leopoldo und der Bücherberg

von Susanna Tamaro

Erzählen & Entdecken

Leopoldo ist enttäuscht. Anstelle der heißersehnten Sportschuhe bekommt er zu seinem achten Geburtstag wieder nur
einen ganzen Stapel neuer Bücher. Während seine Eltern fast
ihre gesamte Freizeit mit Lesen verbringen, kann er sich damit
überhaupt nicht anfreunden. Als ihm auch noch ein tägliches
Lesepensum verordnet wird, um seine „Bücherallergie" damit
vielleicht zu kurieren, platzt ihm endgültig der Kragen: Er reißt
aus, fährt mit dem nächsten Bus bis zur Endstation und landet
schließlich auf einer Parkbank. Dort trifft er einen alten erblin-
deten Mann. Aus anfänglichem Misstrauen entwickelt sich
schnell eine Freundschaft zwischen den beiden, denn auch
der Alte war als Kind mal fortgelaufen... und schon sind sie mit-
tendrin in einer spannenden Abenteuergeschichte.
Von einem Leben als Schiffsjunge weiß der Mann zu berichten,
von gefährlichen Stürmen und Überfällen auf den Weltmeeren,
bei denen er schließlich sein Augenlicht verloren hatte. Was er
besonders bedauert: Dass er deshalb ein geheimnisvolles Buch
mit dem Titel „Sternsucher" nicht mehr zu Ende lesen konnte.
Klar, dass Leopoldo da helfen will! Gemeinsam treiben sie das
gesuchte Buch in der Stadt auf. Aber als der Alte nun gespannt
darauf wartet, von Leopoldo das Ende der Geschichte zu hören,
lässt es sich nicht mehr verheimlichen: Leopoldo kann die
Buchstaben vor seiner Nase nur mühsam erraten. Er braucht eine Brille! Gemerkt, getan!
Bald erfahren beide, wie denn die Sache mit den „Sternsu-

chern" ausgeht. Merkwürdig allerdings, wie sehr doch die Geschichte den abenteuerlichen Erzählungen des Mannes aus seinem Leben als Schiffsjunge ähnelt. Da gibt es auch für ihn nichts mehr zu verheimlichen: In Wirklichkeit hat er sein Leben als Nachtportier verbracht – und sich mit dem Lesen von Abenteuerbüchern wachgehalten. Kann wohl sein, dass sich die Fantasie da ein bisschen mit der Realität vermischt hat... Am Ende hat Leopoldo beides: Neue Sportschuhe, um damit draußen herumzutoben, und – dank einer Brille – Spaß am Lesen. Oder genauer gesagt: Spaß an den vielen aufregenden Abenteuern, die er von nun an in seiner Fantasie erleben kann.

Lesen als Abenteuer. Bücher lassen in dieser Geschichte Fantasie aber auch Begegnung und Kommunikation entstehen. Sie bringen etwas in Bewegung und wecken die Lust am Fabulieren – alles Dinge, die nicht nur allein, sondern gerade auch im Miteinander erlebt und gestaltet werden können: beim Erzählen, Spinnen und Spielen mit Sprache.

Spielen & Gestalten

Geschichten spinnen

Mitspieler: Maximal zwölf Kinder für eine Erzählrunde (es können auch mehrere Erzählrunden gebildet werden).
Material: Ein Wollknäuel pro Erzählrunde, evtl. Bildkarten als Erzählimpulse, evtl. Aufnahmegerät.

Mit dem Wollknäuel wird in der Runde eine Fantasiegeschichte „gesponnen". Ausgehend von einem Erzählimpuls (z. B. ein für alle sichtbares Bild in der Mitte des Kreises) beginnt ein Kind, das das Wollknäuel gerade in der Hand hält, mit einer

Geschichte. Das Bild in der Mitte kann helfen, die Idee für einen Anfang zu finden. Zeigt es z. B. einen Hund, so spielt zu Beginn der Geschichte ein Hund eine besondere Rolle. Nach zwei bis drei frei erzählten Sätzen wird das Wollknäuel im Kreis an ein beliebiges Kind weitergegeben. Das gebende Kind hält dabei sein Fadenstück weiter fest, so dass sich die Wolle mit der Zeit wie ein Netz kreuz und quer von einer Seite zur anderen spannt. Das Kind, das nun das Knäuel neu in Empfang nimmt, nimmt sozusagen den „Faden der Geschichte" auf und setzt diese fort, indem es wiederum zwei bis drei Sätze hinzufügt. Auch hier kann ein neu in der Mitte ausgelegtes Bild einen Impuls für den Fortgang der Handlung liefern. Erscheint nach dem Hund z. B. ein Vogel, so wäre zu überlegen, was die beiden miteinander verbinden könnte. Die Geschichte geht ihrem Ende entgegen, bis das Netz komplett ist, d. h. alle Kinder des Kreises miteinander verbunden sind.

Die Verwendung von Bildern (ersatzweise auch Gegenstände oder Stichwortkarten) als Impulsgeber ist eine bewährte Methode beim gemeinsamen Geschichtenerfinden, die sich mit verschiedenen Materialien erproben lässt. Besonders zu empfehlen ist hier ein dafür entwickeltes Kartenspiel mit 64 verschiedenen Motiven. Es ist unter dem Titel „Märchenstraße" unter folgender Bezugsadresse erhältlich:

Gisela Gottlieb, Wittekindstr. 11, 06114 Halle, Tel. 0345/5224258.

Weitere Ideen zum kreativen Geschichtenerfinden in der Gruppe enthält auch das Buch:

Zopfi, Christa und Emil: Wörter mit Flügeln, Bern 1995.

In unterschiedlichen Gestaltungsformen kann nun an die Erzählrunde angeknüpft werden:

a) Das gemeinsam gesponnene „Erzählfadennetz" wird zum Abschluss so zerschnitten, dass jedes Kind ein Stückchen Faden davon erhält. Es wird zum Bestandteil eines Lesezeichens, indem man es an das Ende eines Kartonstreifens knotet. Der Kartonstreifen kann mit einem Bildmotiv bemalt werden, das an eine Episode der Geschichte erinnert.

b) Läuft beim Erzählen ein Aufnahmegerät mit, so kann die Geschichte anschließend vom Tonträger abgehört und für die Herstellung eines handgemachten Buches schriftlich zu Papier gebracht werden: Ältere Kinder übernehmen das Schreiben, andere malen Illustrationen auf Blätter, die in das Buch mit eingebunden werden. Ein Faden aus dem „Erzählnetz" hält die gelochten Seiten zusammen.

3

Lied zum Weiterdichten

Auch mit einem Lied lässt sich eine Geschichte weiterspinnen.
Dies geschieht in den einzelnen Strophen durch das Finden
von passenden Reimwörtern. Der Anfang ist gemacht. Wer findet weitere Verse?

Bücher-Abenteuer

Wenn die Seiten knistern
und die Buchstaben flüstern
fängt ein Abenteuer an,
das jemand weiterspinnen kann.
2. Stell' dir vor, dann kommt es an ein Haus
und trifft dort 'ne winzige...- 'ne Maus.

Wenn die Seiten knistern...
3. Stell' dir vor, die Maus rennt plötzlich weg
und holt aus ihrem...- Versteck.

Wenn die Seiten knistern.
4. Stell' dir vor, da kommt etwas ans Licht!
Was wohl, das verrate ich...- noch nicht!

Wenn die Seiten knistern...

Wer Lust hat, das Lied weiterzuspinnen?

Text und Musik: Susanne Brandt

Der Engel und das Kind

von Dominique Falda

Erzählen & Entdecken

Wie lebt ein Engel? Und was geschieht, wenn ein Engel durch
die Straßen geht? Davon ist nichts zu merken – meinen die
Erwachsenen. Denn die spektakulären Wunder und großen
Erleuchtungen bleiben aus. Die Kinder aber spüren die Nähe
des Engels. Manchmal durch eine duftende Blume. Manchmal
an einem Kieselstein in ihrer Hosentasche. Manchmal in dem
leisen Lied eines Vogels. Sie spüren seine Nähe in den kleinen Veränderungen und Verrücktheiten des Alltags, entschlüs-
seln seine verborgenen Zeichen, denen sonst niemand Beach-
tung schenkt. Denn wer ahnt schon, dass jene Feder, die einem
Kind die Nase kitzelt und es damit zum Lachen bringt, der
Gruß eines Engels ist...

„Eine leise Begebenheit in zwölf Szenen" – so steht es erläu-
ternd auf dem Titelblatt des Buches. Dahinter verbirgt sich
kein dramatischer Handlungsbogen, sondern vielmehr die Beschreibung von stillen Augenblicken der Begegnung zwischen
einem Engel und einem Kind. Nicht immer treten sich Engel
und Kind leibhaftig gegenüber. Oft ist es nur so eine Ahnung,
eine gemeinsame Empfindung und Liebe zu den Dingen,
durch die sich beide miteinander verbunden fühlen. Klare Erklärungen auf die Fragen, ob es Engel gibt, wie sie aussehen
und wirken, liefert die Geschichte nicht. Sicher scheint nur: Es
gibt Dinge zwischen Himmel und Erde, die sich allen sachli-
chen Erklärungen entziehen, und besonders Kinder wissen
um die Bedeutung solcher Dinge: Da ist ein Stein nicht gleich
ein Stein, da klingt in einem Vogellied noch etwas Ungehörtes

mit, da können Blumen und Bäume sprechen…
Unter den vielen Versuchen, Kindern von Engeln zu erzählen,
ist dieses Buch eine Ausnahmeerscheinung und erschließt
sich nicht gleich beim flüchtigen Durchblättern. Es verzichtet
auf die herkömmlichen Klischees, präsentiert weder einen
niedlichen Weihnachtsengel noch eine erhabene Lichtgestalt.
Das „Himmlische" an dieser Engelsbegegnung ist eigentlich
der unverhoffte Zauber des Alltäglichen und die Fähigkeit,
Sinn und Fantasie dafür auf der Erde zu entfalten.

Spielen & Gestalten

„Galerie der Engel"

Bilder von Engeln begegnen uns überall: in Kirchen und
Weihnachtsdekorationen, auf Kunstpostkarten und Werbefotos.
Wer sich auf die Suche nach solchen Engelsbildern macht (die
in der Vorweihnachtszeit besonders erfolgversprechend ist)
und daraus eine Collage zusammenstellt, wird schnell merken:
Die menschlichen Vorstellungen über das Wesen und Wirken
von Engeln gehen weit auseinander. In manchen Bildern lassen sich vielleicht eigene Fantasien wiederentdecken, andere
wirken eher befremdlich. Das Sammeln, Zusammentragen und
gemeinsame Betrachten der Bilder kann viele Gesprächsim-
pulse liefern.

Den Engeln „auf die Spur" kommen

Eigene „Engelsbegegnungen" haben mit solchen Hochglanz-
bildern vermutlich wenig zu tun. Sie offenbaren sich vielmehr
in „Engelsspuren", die manchen liebgewordenen Dingen und
Momenten anhaften: Eine Muschel, gefunden in einem besonders schönen Urlaub, kann solch eine „Engelsspur" tragen, viel-

leicht auch ein Lied oder ein kuscheliger Pullover – ganz „normale" Dinge, mit denen sich jedoch eine besondere Empfindung, eine unverwechselbare Erinnerung verbindet. Engel – so erzählt die Geschichte – kennen und verschenken solche Gefühle und Kostbarkeiten und lassen darin ihre Nähe zu den Menschen spürbar werden.

Jedes Kind bewahrt vermutlich irgendwo seine kleinen „Schätze" auf: glitzernde Steinchen, eine Kastanie, Sammelbilder oder Gummitierchen. Wer den anderen davon etwas zeigen mag, kann einzelne solcher Teile zusammen mit den „Schätzen" anderer Kinder wie „Engelsspuren" auslegen. Als Unterlage dafür dient z. B. ein dunkles Seiden- oder Samttuch, an dem deutlich wird, wie kostbar die behutsam darauf verteilten Sachen sind. Mit viel Zeit und Ruhe können dann die ausgewählten Dinge gemeinsam betrachtet werden. Nach einer Phase des stillen Schauens darf, wer mag, etwas zur Bedeutung seiner „Engelsspur" sagen. Kommentare und Bewertungen durch andere sind jedoch nicht erlaubt. Danach gehen die einzelnen Teile an ihre Besitzerinnen und Besitzer zurück.

Den Engeln auf diese Weise gemeinsam nachzuspüren, ist eine sehr sensible Angelegenheit. Eine vertrauensvolle Atmosphäre innerhalb der Gruppe sowie eine Umgebung, die Geborgenheit vermittelt und ganz stille, persönliche Erfahrungen zulässt, sind dafür wichtige Voraussetzungen.

Engeln in der Natur begegnen

In der Geschichte ist das Wirken von Engeln eng mit dem Wunder vom Wachsen und Werden in der Natur verbunden. Das Staunen und die Freude über Bäume und Blumen, Früchte und Vögel drückt immer auch ein Stück Nähe eines Engels aus. Engelfiguren, gestaltet aus Naturmaterialien wie Federn oder Schafwolle, Blätter oder Gräser können dafür sichtbare Zeichen sein.

Engel im Spiel

Manchmal dre-hen sich ge-wohn-te Din-ge ein-fach um. Ein Lied tanzt aus der Rei-he und bleibt nicht län-ger stumm. Dann sind be-stimmt En-gel im Spiel wun-der-vol-le, wun-der-tol-le En-gel.

2. Manchmal gibt es Tage, sie sind irgendwie verrückt,
wenn etwas wie von selber ganz unerwartet glückt.
Dann sind bestimmt Engel im Spiel
wundervolle, wundervolle Engel.

3. Manchmal macht die Freude Purzelbäume immerzu,
wirft alles durcheinander, bringt alles gut zur Ruh'.
Dann sind bestimmt…

Text und Musik: Susanne Brandt
© Verlagswerkstatt kreuz & quer, Papenburg

Verwendete Literatur

Bolliger, Max, **Die Kinderbrücke**

Falda, Dominique, **Der Engel und das Kind,** Gossau 1995

Heine, Helme, **Freunde,** Köln 1982

Janosch: **Morgen kommt der Weihnachtsbär,** München, 1995

Janosch, **Noch eine Rosine bis Weihnachten,** Stadt, Datum

Janosch, **Wenn Schnuddel in die Schule geht,** Hamburg 1991

Lindgren, Astrid, **Die Elfe mit dem Taschentuch,** Astrid Lindgren: Märchen, Hamburg, 1978

Lindgren, Astrid, **Kindertag in Bullerbü,** Hamburg 2000

McLerran, Alice / Carle, Eric, **Der Berg und das Vögelchen,** Hildesheim 1993

Mennel, Wolfgang, **Da kommt wer,** Würzburg, 1999

Moser, Erwin, **Der einsame Frosch,** Weinheim 1984

Nordqvist, Sven, **Pettersson kriegt Weihnachtsbesuch,** Hamburg, 1989

Tamaro, Susanna, **Leopoldo und der Bücherberg,** Zürich 1999

Weninger, Brigitte / Rowe, John A., **Die Zwergenmütze,** Gossau 2000